Né en 1942, António Lobo Antunes vit à Lisbonne. Médecin, il participe à la guerre coloniale du Portugal en Angola de 1969 à 1973 et exerce, dès son retour, à l'hôpital dans un service psychiatrique qu'il finit par diriger. Il est l'auteur d'une douzaine de livres, dont *La Mort de Carlos Gardel*, *Le Manuel des inquisiteurs*, ou encore *Le Cul de Judas*, roman qui lui a apporté la célébrité au Portugal. En 2007, il a obtenu le prix Camões, le plus important prix littéraire du monde lusophone. Il est aujourd'hui considéré comme l'un des auteurs portugais majeurs.

António Lobo Antunes

DORMIR ACCOMPAGNÉ

LIVRE DE CHRONIQUES II

*Traduit du portugais
par Carlos Batista*

Christain Bourgois Éditeur

TEXTE INTÉGRAL

TITRE ORIGINAL : *Livro de crónicas*
© original : 1998, António Lobo Antunes

ISBN 978-2-02-052654-8
(ISBN 2-267-01569-2, 1ʳᵉ publication)

© Christian Bourgois éditeur, 2001, pour la traduction française

Le Code de la propriété intellectuelle interdit les copies ou reproductions destinées à une utilisation collective. Toute représentation ou reproduction intégrale ou partielle faite par quelque procédé que ce soit, sans le consentement de l'auteur ou de ses ayants cause, est illicite et constitue une contrefaçon sanctionnée par les articles L. 335-2 et suivants du Code de la propriété intellectuelle.

Portrait de l'artiste en jeune homme

Quand, vers l'âge de huit ans, je résolus de me consacrer à la littérature, j'imaginais que tous les écrivains sans exception ressemblaient au souverain de Malaisie Sandokan

(mon héros d'alors et d'aujourd'hui)

c'est-à-dire très beaux, bruns, avec une barbe, des yeux verts et un turban à rubis. Le fait que je fusse blond, les yeux bleus et sans rubis me préoccupait, et je voulus frotter mes cheveux avec du cirage pour foncer mes mèches : j'essayai sur ma frange, et j'eus tout à fait l'air d'un hérisson de ramoneur, on me demanda

— Le jeune homme est idiot ou le fait-il exprès ?

on me pria d'aller me laver les mains et la figure, de venir à table et j'ai passé le dîner le nez dans mon potage à détester mes parents de ne pas m'avoir fait mulâtre. À mes yeux je possédais un physique incompatible avec le drame, la poésie, le conte, et je me préparais à changer de carrière pour être retraité, martyr ou otage

(les trois carrières qu'on me proposait d'embrasser à défaut de talent pour les belles-lettres) lorsque au cours d'un dimanche providentiel je vis à Benfica un gros monsieur, à lunettes et en costume de lin, qui dégustait un sorbet à la fraise devant la vitrine de Marijú.

On m'apprit que c'était le poète José Blanc de Portugal que je n'avais jamais lu parce que Sandokan et son monde d'aventures me suffisaient et me comblaient de nourritures spirituelles, et j'en fus rassuré. Le poète n'était rien moins que l'antithèse du souverain de Malaisie : en guise de cimeterre il portait un ventre énorme, n'avait pas de pierre noire à l'index, et loin de me donner l'impression qu'il allait aborder quelques navires, il me donna seulement un petit baiser dépourvu de toute vigueur guerrière, un tantinet poisseux de glace, puis il continua à contempler la vitrine de Marijú où trois mannequins, en tenue de jeunes mariées, se penchaient vers lui avec une sollicitude de muses pétrifiées lui offrant des fleurs d'oranger parées de gaze.

Si bien que dans la chambre où mon frère João étudiait

(João et moi avons partagé cette chambre pendant plus de vingt ans et pendant plus de vingt il a étudié tandis que moi je regardais le plafond)

j'arrivai à la conclusion que les écrivains étaient en fin de compte de gros messieurs qui dégustaient des cornets de gaufrette, habillés d'un costume de lin blanc, s'extasiant devant les derniers modèles de Marijú. J'abandonnai l'idée de devenir Sandokan et je me mis à manger cinq bâtards avec de la gelée de cerise au petit déjeuner dans l'espoir de prendre du ventre. Je ne parvins pas à prendre du ventre mais j'écopai en revanche d'une irritation du côlon qui aujourd'hui m'accompagne avec une attendrissante fidélité. J'étais au désespoir de ne pas développer des bourrelets artistiques et d'être toujours maigre comme un clou quand j'ai découvert lors de ma première année de lycée

(je crois que c'était pendant ma première année de lycée, je ne me souviens pas bien)

un professeur marqué au front d'une ride tourmentée, comme s'il avait souffert d'une hernie de l'âme, qui traversait la cour de récréation voûté sous le poids de malaises métaphysiques. Un camarade instruit m'apprit que le professeur s'appelait Vergílio Ferreira et qu'il publiait des livres : j'ai observé de plus près ses ulcères existentiels

(le personnage semblait s'écailler de souffrance)

et j'ai passé des mois à cultiver devant le miroir des calculs dans l'urètre de ma sensibilité et à tenter de parler le français avec un accent de concierge. Dès que je me suis senti suffisamment Vergílio et suffisamment Ferreira je me suis présenté au dîner dévoré d'angoisse existentielle, près à rédiger un *Matin perdu* quelconque, déjà tout pourri d'avoir passé tant de temps noyé dans la brume, j'ai refusé les beignets avec une mélancolie obstinée, on m'a demandé

— Le jeune homme est idiot ou le fait-il exprès ?

J'ai répondu avec fermeté

— Les écrivains sont comme ça

on m'a prié d'être moins bête puis les sourcils sont revenus à leur place car Dieu merci je ne souffrais pas d'hémorroïdes, mon père m'a montré le portrait de Byron et j'ai décidé de partir le jour suivant pour la Grèce et de mourir au combat en déclamant des alexandrins. Comme je n'avais pas suffisamment d'argent pour prendre l'avion je suis allé en car jusqu'à Vila Franca où ne se livrait pas l'ombre d'une bataille

(je me souviens vaguement d'un kiosque à musique, de quelques arbres rachitiques et de quelques vieux à chapeau sur des bancs de jardin au milieu de pigeons paisibles)

je suis rentré tard à la maison regorgeant de santé, j'ai reçu deux fessées pour avoir inquiété ma mère et au lieu d'étudier la géographie pour l'interrogation du lendemain j'ai entamé aussitôt la rédaction

(tandis que João étudiait sa géographie pour l'interrogation du lendemain)

d'une nouvelle redoutable intitulée *Sous le signe du Capricorne*. Je n'ai pas reconnu une seule montagne ni un seul fleuve, j'ai eu Médiocre au test

(João a eu Très bien plus)

mais j'ai terminé mon premier chapitre. Il n'y en a jamais eu de second : on m'a confisqué le manuscrit, on m'a désigné Flaubert comme exemple, mais comme je ne parvenais pas à être pris d'une seule crise d'épilepsie

(gigoter n'a jamais été mon fort)

et que ma moustache s'obstinait à ne pas pousser, j'ai décidé en désespoir de cause de faire ce dont j'avais réellement envie : devenir joueur de hockey sur glace et produire des chefs-d'œuvre dans les intervalles. Je suis passé par le Futebol Benfica et par le Benfica et entre chaque entraînement j'ai commencé à amasser poèmes et pages de prose dont j'ignore ce qu'ils sont devenus. Je les espère perdus au fond du Tage. Et c'est seulement faute de vocation pour la carrière de retraité, de martyr ou d'otage que j'ai fini romancier. Étrange, car je ne suis pas gros ni complètement laid, je n'ai pas de rides au front, je n'ai pas combattu en Grèce, je ne porte pas de lunettes ni de barbe, je ne dîne pas dans les restaurants du Bairro Alto fréquentés par les génies, je n'ai pas mauvaise haleine, je ne bois pas d'alcool et je me contrefiche des succès ou échecs des autres qui ne me rendent ni joyeux ni triste pour deux sous, hormis ceux qui concernent deux ou trois amis que j'admire. Heureusement car de cette façon je ne cours pas le risque qu'une voix intérieure me demande indignée et sardonique

— Le jeune homme est idiot ou le fait-il exprès ?

dans le cas où je me prendrais pour un intellectuel portugais tout comme autrefois je cherchais à ressembler à Sandokan en teintant ma frange avec du cirage.

Ma première rencontre avec mon épouse

Excusez-moi mais quand vous avez répondu à mon annonce je ne m'attendais pas vraiment à ça. Ce n'est pas une critique, ne le prenez pas mal, ce n'est en rien un reproche, mais pour tout vous dire quand votre lettre est arrivée son écriture m'a laissé imaginer des choses, vous comprenez, on imagine toujours des choses, le visage, le sourire, la voix, sera-t-elle grande, sera-t-elle maigre, sera-t-elle brune, aura-t-elle les yeux comme ci ou comme ça, comment sera, pardonnez l'audace, son corps, bien entendu quand nous avons pris rendez-vous je savais que je n'allais pas tomber sur un mannequin ni sur une actrice de cinéma, je savais que vous aviez cinquante-deux ans, que vous mesuriez un mètre soixante-dix, que vous pesiez soixante-douze kilos, que vous travailliez dans une banque, que vous vous appeliez Aldina, que vous aimiez lire, vous promener, aller à la plage, fréquenter des gens sains et honnêtes et que si mes intentions n'étaient pas sérieuses mieux valait m'abstenir de vous téléphoner, d'ailleurs pour être franc le journal ne m'a remis qu'une seule réponse, et c'était la vôtre, j'ai même demandé à l'employée quand elle m'a donné votre lettre

— Il n'y en a pas d'autres ?

et l'employée de me toiser

— Dites-vous bien que vous avez de la chance car si une photo avait accompagné votre annonce il n'y en aurait eu aucune

pourtant je m'habille décemment, je ne suis pas difforme hormis ce petit problème au pied, j'ai fixé l'employée sans comprendre et elle très remontée

— Vous vous êtes déjà regardé dans un miroir ?

et quand bien même elle aurait raison je ne m'attendais pas à ce que vous soyez comme ça. Ça n'a rien à voir avec la beauté ou la perfection des traits ou la façon de s'arranger ou l'excès de graisse, ces choses sont moins importantes pour moi que vous ne le pensez, et puis une femme corpulente c'est agréable, c'est un signe de santé, si d'aventure je ne parvenais pas à ouvrir une boîte de conserve avec un marteau votre petit doigt suffirait et hop, ce ne sont pas vos dents manquantes qui me préoccupent, c'est encore le meilleur moyen de dépenser moins en steak et de manger plus de purée et d'économiser ainsi quelques sous, le boucher coûte les yeux de la tête, si vous me permettez d'être sincère, ce qui me dérange c'est votre œil gauche, car si le droit me voit, j'ai bien noté qu'il me voyait, le gauche semble me bouder, m'ignorer complètement, et se détourner vers le coin de sa paupière d'un petit air ennuyé, j'ai beau me pencher il me fuit tandis que le droit me poursuit, ce qui me dérange c'est de ne pas savoir auquel des deux me fier, le droit amoureux ou le gauche indifférent, est-ce le droit qui m'observe ou le gauche qui ne m'accorde même pas la misère d'une œillade, et voilà que le droit n'a plus l'air si amoureux ni même ennuyé comme l'autre, mais semble fâché, furieux, attendez, restez tranquille, n'oubliez pas que je boite et que si vous partiez je ne pourrais pas vous rattraper, lâchez donc votre sac à main, ne le brandissez pas ainsi au-dessus de ma tête, surtout un sac à main de cette taille qui a tout l'air de contenir un énorme pavé, laissez ce sac à main tranquille, par tous les saints laissez ce sac à main tranquille, vous allez finir par abîmer la poignée, vous allez finir par abîmer la fermeture, ce serait dommage d'abîmer un sac à main qui a dû vous coûter une fortune, laissez-moi aller un instant aux toilettes je reviens tout de suite, ne m'attrapez pas par le bras, regardez tous ces gens dans le café qui nous observent, regardez la tête du patron, lâchez-moi, je me marierai avec vous mais lâchez-moi, je jure que je me marierai avec vous mais lâchez-moi, si vous me lâchez j'irai droit au supermarché, j'achèterai deux douzaines de paquets de purée Cerelac pour ménager vos dents et nous commencerons dès aujourd'hui, dès maintenant, à être heureux, quelle joie de voir votre œil droit de nouveau amoureux, quelle joie de voir votre sac à main bien sage sur la table, je m'appelle Abílio da Conceição Pedrosa, je travaille à la compagnie du gaz, tout le plaisir est pour moi

MA PREMIÈRE RENCONTRE AVEC MON ÉPOUSE

madame, excusez-moi, ne serrez pas ma main si fort, ne broyez pas mes os, je voulais dire tout le plaisir est pour moi ma chérie, je voulais dire, ne me déboîtez pas l'épaule, tout le plaisir est pour moi mon amour.

Une goutte de pluie sur le visage

Si je n'étais pas bègue, j'oserais lui parler. Elle habite trois pâtés de maisons plus loin, nous prenons le même autobus tous les jours, moi au quatrième arrêt et elle au cinquième, nous nous regardons l'un l'autre durant les vingt minutes

(une demi-heure lorsqu'il y a beaucoup de circulation)

du trajet qui sépare notre quartier du Ministère, elle travaille deux étages au-dessus du mien, nous prenons le même ascenseur sans nous quitter des yeux, parfois il me semble qu'elle me sourit

(je suis presque sûr qu'elle me sourit)

on se voit de loin au self, chacun avec son plateau, je jurerais souvent qu'elle me fait un signe m'invitant à sa table, je n'y vais pas car je ne suis pas sûr de ce signe

(pourtant je crois bien qu'elle me fait un signe)

nos regards se croisent dans l'ascenseur une nouvelle fois, elle me refait un sourire quand je sors, elle me regarde de nouveau dans l'autocar du retour et je lui parlerais si je ne bégayais pas.

Mais ce n'est pas tant le bégaiement : comme les mots ne veulent pas sortir, comme je veux m'exprimer sans y parvenir, je rougis, les yeux exorbités

(je me suis regardé dans un miroir et c'est vrai)

la bouche ouverte, pavée de dents, trébuchant sur une consonne interminable, remplissant l'air d'une tornade de postillons affolés, et je ne veux pas qu'elle remarque tout ce ridicule, comme je deviens laid, comme je deviens, physiquement, un mascaron de fontaine, crachant convulsivement de l'eau en un râle bulleux.

Avec mes collègues de travail, c'est simple : je fais oui ou non de la tête, mes réponses se résument à un geste vague, je transforme un discours en un froncement de sourcils, je réduis mes opinions à un haussement d'épaules

(même si je n'étais pas bègue, je continuerais à réduire mes opinions à un haussement d'épaules)

tandis qu'avec elle je serais contraint de lui dire les choses, de converser, de lui chuchoter au creux de l'oreille

(si j'osais lui chuchoter à l'oreille, elle sortirait aussitôt son mouchoir de sa pochette pour essuyer ses joues avant de s'enfuir effrayée)

contraint de lui chuchoter dans le cou, de la capturer dans un filet de phrases

(les femmes, me semble-t-il, aiment qu'on les capture dans un filet de phrases)

tandis que je lui prendrais la main, baisserais mes paupières, allongerais mes lèvres avec cet air infiniment niais des amoureux sur le point de s'embrasser, et maintenant mettez-vous à sa place et imaginez un

bègue aux yeux exorbités qui s'approcherait de vous empourpré par l'effort, ouvrant et fermant la bouche esclave d'une seule et même syllabe, tendant tout son corps pour délivrer un
— Je t'aime
qui ne s'échappe pas, qui ne parvient pas à s'échapper, qui ne s'échappera jamais, un
— Je t'aime
qui reste prisonnier de ma langue sous un bouchon de salive, j'aurais beau faire monter et descendre mes bras, dénouer ma cravate, déboutonner mon col, mon
— Je t'aime
muet, ou pire encore, remplacé par un beuglement caverneux, et elle me repousserait, se lèverait effarée, disparaîtrait par la porte, et je me retrouverais seul au café, tout pantelant, penché sur la tasse de thé au citron et le flan à la crème de ma débâcle.
Je ne puis faire la bêtise de lui parler, il est évident que je dois me contenter de ses regards dans l'autobus, de son sourire dans l'ascenseur, de son invitation muette à sa table jusqu'au jour où je la verrai main dans la main avec un jules quelconque, peut-être plus vieux que moi mais capable de lui chuchoter sans effort dans l'oreille
(il y a des gens qui chuchotent sans effort)
ce que j'adorerais lui révéler sans y parvenir, jusqu'au jour où elle cessera de me regarder, de me sourire, de m'inviter à m'asseoir à sa table pour déjeuner
(une soupe en entrée, deux plats au choix, fruit ou dessert, un petit pain et un quart de vin, le tout pour quatre cent quarante escudos, c'est pas cher)

et je la verrai au fond de l'autobus poser son front sur l'épaule d'un jules quelconque, sans me voir, sans même m'accorder un regard comme si je n'avais jamais existé et je comprendrai alors, ayant cessé d'exister, que je n'ai jamais existé, et ce soir-là, lorsque je me regarderai dans la glace je ne verrai personne ou je verrai tout au plus deux yeux

(les miens)

qui m'adresseront un reproche, une paire d'yeux où je suis sûr qu'une larme tremblera sur les cils et glissera lentement le long de ma joue, ou peut-être que ne sera pas une larme mais seulement

(car c'est l'hiver)

une goutte de pluie, vous savez ce que c'est, roulant sur la vitre.

Ne meurs pas maintenant on nous regarde

Antero. Antero. Antero. Ne t'endors pas ici sur l'esplanade Antero, garde les yeux ouverts, ne glisse pas de ta chaise, admire les jolis bateaux sur le Tage, regarde les mouettes, tu as toujours tellement aimé les mouettes Antero, bois donc ta bière avant qu'elle ne soit tiède, tiens-toi droit, ne fais donc pas cette tête, si tu ne voulais pas venir te promener à Algés pourquoi ne pas m'avoir dit ce matin, pourquoi ne pas t'être tourné vers moi
— Je sais que c'est dimanche mais je n'ai pas envie d'aller à Algés
et on n'en parlait plus, nous serions restés à regarder pousser la plante du salon comme tous les jours depuis que nous sommes à la retraite, jamais je ne discute avec toi n'est-ce pas, jamais je ne proteste, tu as acheté cet horrible canapé et je n'ai pas bronché, tu as retiré de la commode la photo de ma sœur et je n'ai pas dit un mot, je ne comprends pas ce que tu avais contre ma sœur, à chaque fois qu'elle nous rendait visite tu te mettais à serrer les dents, à souffler, à tripoter les bibelots, ne penche pas ta tête en avant

tu vas renverser ta bière, ne mets pas ton coude dans cette coupelle de lupins, ne te fiche pas de moi Antero, tu as toujours été quelqu'un de sérieux, ça fait des lustres que je ne t'ai pas entendu rire, alors ne commence pas à faire le clown devant tout ce monde, c'est ridicule Antero, nettoie plutôt ce filet de bave à ton menton, ne crache pas ton dentier voyons, ne me force pas à te le remettre dans la bouche, des dents d'une régularité sans pareille, toutes blanches, lorsque tu les enlèves le soir pour les laver tu sembles diminué, mais lorsque tu les replaces sur tes gencives tu fais plaisir à voir, tu me rappelles un roi avec couronne et tout, fais donc attention à ce dentier Antero ça coûte une fortune, et ne te penche pas tant vers la dame de la table voisine, son mari va le remarquer, quand je vois toutes ces mouettes que tu ignores Antero, tous ces bateaux, le train de Lisbonne là-bas qui siffle et tout, une belle journée, et n'était cet enfant qui braille dans sa poussette, on serait au calme sur cette esplanade Antero, si c'est ce gosse qui te met dans cet état nous pouvons tout de suite changer de table, il nous suffit de prendre ta bière, tes lupins, mon jus de fruit, mon flan à la crème et d'aller plus loin Antero, ne sois pas si pâle, arrête de trembler, ne sursaute pas comme ça, parle-moi, je veux bien ranger ton dentier dans ma pochette c'est entendu, mais parle-moi Antero, ça ne me dérange pas de te voir sans dentier si tu parles, vois comme les gens nous regardent, vise cette dame qui appelle du coude son mari en nous pointant de sa tartine Antero, toi qui n'as jamais aimé l'ostentation. Antero, que se passe-

t-il, toi qui exigeais que je porte mon gilet de laine sur mes décolletés
— Qu'est-ce que ce dévergondage Maria Emília ?
toi qui exigeais que je baisse ma jupe sur mes genoux quand je croisais les jambes
— Tu te crois au cirque Maria Emília ?
toi qui, quand j'étais allé chez le coiffeur pour teindre mes mèches grises, exigeais que j'y retourne le matin suivant
— C'est carnaval Maria Emília ?
et voilà que c'est toi qui attires à présent l'attention, qui glisses de ta chaise comme un gosse, qui fais des bulles roses avec ta bouche, je pourrais te gronder, je pourrais perdre la tête
— Tu te crois au cirque Antero ?
mais je n'en fais rien, je me conduis comme il faut, je ne te fais pas de scène, je te demande seulement de te tenir droit, rien d'autre, je te demande seulement de me parler, de ravaler ta salive, ne laisse pas traîner tes doigts par terre c'est sale, c'est plein de mégots, d'épluchures, de fientes de pigeons, de papiers Antero, tu te sens bien n'est-ce pas, tu ne vas pas mourir hein, ne meurs pas maintenant, ce serait une honte on nous regarde, je ne peux pas dire au serveur
— Excusez-moi monsieur mais mon mari est mort
attends au moins que nous soyons à la maison où tu t'éteindras si tu veux, mais pas ici Antero, ça fait mauvais genre, quelle honte, si tu veux mourir fais-le sérieusement comme tout le monde, en gémissant à l'hôpital, avec des radios des analyses des médecins, imagine notre voisine du dessus

— Monsieur Antero est mort sur l'esplanade le nez dans des lupins, je ne vous dis que ça

dis-moi donc si tu aimerais qu'on raconte la même chose de moi, le nez dans un flan à la crème, je ne vous dis que ça,

imagine le tableau Antero, un ancien chef de service le nez dans les lupins, lève-toi, lève-toi immédiatement, fais-moi le plaisir de te lever, d'attendre que nous soyons à la maison, il y a des bus toutes les dix minutes, ce n'est pas la mer à boire, après tu pourras enlever ta veste, déboutonner ton col, te mettre à l'aise pendant que je réchaufferai le dîner, plus personne ne te dira rien.

Chronique de carnaval

Le carnaval c'étaient des hommes déguisés en femmes, un foulard sur la tête, beaucoup de rouge sur le visage et des coussinets pour la poitrine, qui butaient les uns contre les autres aux portes des tavernes. C'étaient des serpentins lancés depuis les balcons par des fillettes solitaires déguisées en Sévillanes, des serpentins qui passaient mars, avril et mai à pâlir sur les branches des arbres jusqu'à ce que le vent les emporte. C'était moi à la matinée du São Luis, berger pindarique recroquevillé de honte au fond d'une loge, qui regardais au loin les princes, les fées et les policiers

(les trois seules professions que je trouvais sublimes à l'époque et aujourd'hui encore, au plus profond de moi, je continue à le croire)

qui se lançaient des sachets à la figure et se bourraient mutuellement la bouche de confettis, s'initiaient à l'amour en rampant et en se tirant les cheveux

(des façons de dire je t'aime à huit ans avant de compliquer les choses avec des fleurs et autres salamalecs) et défilaient sur l'estrade sous des tonnerres d'applaudissements pour recevoir bicyclettes ou boîtes de bonbons pendant que moi, pauvre berger, je les suivais des yeux, dévoré d'une admiration jalouse, luttant contre les larmes et suçant mon pouce. Durant le carnaval je prenais mélancoliquement conscience de ma condition terrestre : dans un monde peuplé de pirates à la jambe de bois, de mousquetaires, de généraux à la moustache tracée au bouchon brûlé et de Blanche Neige sans nains, appelant chacun leur marraine à grands cris, je restais le même triste gueux aux genoux écorchés rêvant d'anéantir l'univers avec mon pistolet à eau acheté chez la mercière, qui se détraquait au deuxième jet, joujou inutile dont le seul mérite était de rendre furieuse ma mère

(– Je ne veux pas de cette saleté à la maison)

qui me chassait dans le jardin où je m'accroupissais sur une marche, le revolver pendu à ma main comme un Al Capone au chômage, pour observer une colonne de fourmis qui escaladait une lézarde du mur, indifférentes à ma disgrâce sans remède. Les aïeux passaient d'un air digne sur la route de Benfica pour se rendre chez Foto Águia de Ouro, précédant un troupeau de jeunes mariées du Minho, de Zorro tout en masque et épée, d'empereurs romains et de lavandières de Caneças, pendant que je me tenais à la fenêtre avec mon bavoir de tous les jours, ma gorge nouée ravalant mes larmes. Au milieu de rues pleines de couronnes en papier et de tuniques dorées, parmi des hommes déguisés en femmes qui vomissaient leur vin sur le trottoir, je me sentais insignifiant et superflu : personne ne m'admirait, ne s'extasiait, ne me prêtait attention. La cuisinière, me prenant en pitié

(les cuisinières étaient des êtres compatissants qui me remontaient le moral en me laissant lécher le fond des bols de mousse au chocolat)

accourut m'annoncer l'arrivée de Cabecinha venu jouer avec moi. Cabecinha habitait un sous-sol de la Travessa do Vintém das Escolas, il était laid, pauvre, orphelin de père et me donnait du jeune homme en vertu d'une conscience résignée des clivages sociaux qui l'obligeait à me laisser gagner au tir au but, on change à cinq et l'on va jusqu'à dix. Consolé qu'il existât quelqu'un de plus misérable que moi, je priai la cuisinière de faire entrer Cabecinha

(j'appris le jour suivant que Cabecinha était mort d'une maladie aussi obscure que sa vie l'avait été, Manuel da Costa Cabecinha, petit et humble, seul au fond de son sous-sol

— Entrez jeune homme, entrez

après le décès de sa mère)

et Cabecinha surgit en roi maure, avec le turban et tout le tintouin, monté sur un cheval de bois. Il était magnifique, splendide, digne d'un harem d'odalisque, mais jamais il n'a compris

(– Entrez jeune homme, entrez)

la raison pour laquelle je lui ai tourné le dos ni pourquoi durant des années j'ai cessé de lui parler. La chose que je regrette le plus c'est d'avoir envoyé promener Cabecinha. S'il n'était pas mort j'irais aujourd'hui même à la Travessa do Vintém das Escolas, nous nous déguiserions en femmes, un foulard sur la tête, plein de rouge sur le visage et des coussinets pour la poitrine, nous nous promènerions butant l'un contre l'autre de taverne en taverne, au beau milieu de princes, de fées et de policiers, et nous disparaîtrions bras dessus bras dessous le long de la route de Benfica, vers un pays sans pauvreté ni sous-sol tandis que des Carmen nous lanceraient depuis les balcons des serpentins qui pâliraient lentement sur les arbres jusqu'à ce que le vent les emporte.

Évocation de l'enfance

À chaque mois d'août, on m'emmenait voir la source du Mondego, petit éternuement d'eau parmi mousses, rochers et arbres, à trente
(trente me semble-t-il)
kilomètres de la maison de mon grand-père, dans un pli de la montagne invisible depuis le balcon. Mon père était très jeune, ma mère était très jeune, et moi j'étais encore si jeune que je ne savais rien de la mort
(ni de la vie)
à sept ans, j'étais amoureux fou des petites gitanes qui lors des samedis de foire aidaient leur famille à vendre des mules dont les plaies étaient camouflées sous de la peinture noire. Je revois leurs grands yeux sombres, leurs cheveux parfois extraordinairement blonds, leurs pieds nus, les joailliers à bicyclette avec le manche de leur parapluie accroché au col de leur manteau que je regardais en pensant
— Ils sont veufs
en pensant
— Ils sont tous veufs

à mesure qu'ils disparaissaient en groupe en pédalant sur la route de Viseu avec leur boîte à bijoux attachée à la selle par des ceintures.

(La nuit, ils venaient troubler mes rêves de leurs ricanements de corbeaux, sans m'adresser la moindre parole. Ils se bornaient à me regarder)

ma mère, qui pourrait être ma fille à présent, faisait du vélo autour des châtaigniers, mon père peignait et jouait au tennis à Urgeiriça, mon grand-père lisait le journal tandis que les cloches sonnaient le glas à toute volée

(seuls les autres mouraient car nous, nous étions éternels)

j'ai vu passer un cercueil d'enfant sans couvercle, un tout petit cercueil blanc, je l'ai raconté à mon frère João, il m'a répondu

— C'est impossible

mon frère Pedro a escaladé le mur

— Attention tu vas tomber

monsieur le maire souriait sur le perron, et comme il n'y avait aucun enterrement, je me suis senti rassuré : ce n'était que le vent dans la pinède de Zé Rebelo, l'odeur des mûres lorsque nous allions assister au coucher du soleil dans l'espoir d'apercevoir le rayon vert, le mont Caramulo au loin, la servante de monsieur le vicaire

(son nom ne me revient pas)

— Comme ils sont mignons comme ils sont mignons

tandis qu'elle nous donnait des raisins noirs.

Monsieur le vicaire jouait aux cartes avec le pharmacien qui était aussi maçon indépendant, moi je cherchais à voler des œufs aux poules mais j'avais peur de leurs coups de bec. Le pharmacien assurait que Dieu était une baliverne, monsieur le vicaire empochant la mise

— Péchez toujours moi je gagne

ils buvaient une liqueur de mandarine posée sur le napperon d'un plateau, une liqueur de moine versée dans de petits verres où le soleil rebondissait

(ma mère toujours sur son vélo autour des châtaigniers, je crois que ses cheveux étaient châtain clair, ses prunelles, j'en suis sûr, vertes).

La nuit, une branche frappait au carreau de la salle de ping-pong, en bas, où nous dormions

(António, João et Pedro, répétait le policier, António, João et Pedro, les trois saints populaires, puis vint Miguel qui gâcha tout, je voulais avoir un frère répondant au nom d'Euclide, tout le monde m'a regardé bouche bée, mon oncle s'est mis à rire et j'ai résolu

— Je le tuerai)

la salle où nous dissipions notre peur des loups en écoutant les conversations des grandes personnes dont les mots nous échappaient. Madame Irene jouait de la harpe, buvait son thé du bout des lèvres comme affolée à l'idée de faire une tache, teignait ses cheveux en jaune, on racontait que ses tapis étaient très beaux, qu'elle avait été riche il y a bien des années

(qu'entendait-on au juste par bien des années)

et sa fortune perdue constituait un mystère encore plus grand que celui de la Sainte Trinité auquel je ne croyais pas sans pour autant cesser d'y croire : c'était un monsieur barbu, un homme au front couronné d'épines flanqué d'une colombe, c'était ma grand-mère priant pour conjurer les orages de septembre. Alors le soleil se montrait, Vergílio nous laissait prendre les rênes de Carriça, une cuisinière fut renvoyée, elle voulut embrasser sa collègue

— Au moins un baiser au moins un baiser
j'étais effrayé
— Que s'est-il passé?
— Rien

avant le dîner nous prenions une douche sous un seau criblé de trous, puis nous passions à table en pyjama et peignoir, les joues polies comme la peau des pommes rouges. Se laver les dents et manger de la soupe étaient les deux plus grands supplices, il se passait nombre de choses bizarres qu'on ne m'expliquait pas mais dont je me fichais bien tant qu'on me donnait des bonbons à la menthe et des albums à colorier, vautré sur le plancher, salissant tout sans que personne me gronde ni m'emmène dans la montagne pour regarder naître le Mondego, filet de cailloux mouillés dans lequel les gens et les bêtes se noyaient

ça paraissait incroyable

quand il arrivait à Coimbra. Madame Irene avait le visage d'une femme qui aurait été autrefois amoureuse d'un garçon mort noyé depuis, quelque sous-lieutenant à moustache qui lui aurait souri à travers les nuages alanguis de sa cigarette en la regardant jouer de la harpe. Il y avait eu avant que je naisse une guerre en Espagne et une autre dite mondiale, du même nom que la marque des caramels pour la toux

(Caramels Mondiale la guérison est totale)
achetés au poids dans la boutique de monsieur Casimiro qui portait des lunettes rafistolées au sparadrap. La femme de monsieur Casimiro nous appelait les petits-fils de madame et leur boutique sentait l'ombre et l'humidité. Collège Grão Vasco, Collège Grão Vasco : des garçons de mon âge derrière les grilles. La femme de monsieur Casimiro n'était ni grosse ni maigre, elle nous donnait des sucettes colorées, la branche frappait au carreau de la salle de ping-pong toute la nuit et là-dessus les hurlements des chiens et les cloches sonnant à toute volée pour un feu qu'on ne nous laissait pas voir. On distinguait un halo rougeoyant, des galopades, des cris, Bon ça suffit, retournez au lit im-mé-dia-te-ment. Nous y retournions et voilà qu'aussitôt après j'avais trente ans. On remarquait alors que la plupart des gens n'étaient plus que de simples photographies, mais le petit éternuement d'eau du Mondego continuait de jaillir là-bas, parmi mousses, rochers et arbres. Un de ces mois d'août, j'irai à la montagne et j'y rencontrerai

— Comme ils sont beaux

les petits-fils de madame. Je ne sais rien encore de la vie.

Des chevaux, des rois, des curés
et la tante Pureté

La Calçada da Ajuda était mon supplice du samedi matin. Dans la Calçada il y avait le 7ᵉ régiment de cavalerie, dans le 7ᵉ régiment de cavalerie il y avait un manège, dans le manège il y avait un colonel, dans la main droite du colonel il y avait un fouet, dans la main gauche il y avait une longe, au bout de la longe il y avait un cheval et sur le cheval il y avait moi au pas, au trot et au galop, il y avait les beuglements de mon grand-père

— Tiens-toi droit

les beuglements de mon grand-père exaspéré

— T'es pas un pédé, tiens-toi droit

tandis que je tremblais de trouille, les larmes aux yeux, au sommet de la bête, quelque chose d'instable rappelant un rocking-chair sans accoudoirs, dangereux à ses extrémités et inconfortable au milieu, qui sentait le cuir des coffres de la chambre aux armoires et le fumier des rosiers, un rocking-chair sans accoudoir qui renâclait, sautait, piaffait

— Tiens-toi droit

jusqu'à ce que le colonel ordonne d'arrêter cette tornade de pattes, de crins et d'yeux, que je m'éloigne hagard en me mordant la lèvre, poursuivi par le dépit de mon grand-père

— Tu n'as hérité que de mon nom

avant que l'un de mes deux frères prenne ma place dans ce supplice giratoire. De fait, je n'avais hérité de lui que son nom : je ne m'intéressais pas à la cause monarchique, défendue par un journal appelé *O Debate* et célébrée à Noël par des cartes d'enfants blonds et laids souhaitant Joyeux Noël, je n'avais que faire du grand-père de mon grand-père, Bernardo, un vicomte

(la vicomté se retrouvait chez moi par un hasard de naissance, fait qui me laissait profondément indifférent, pas plus que je n'avais envie de lire *O Debate* ni de recevoir à Noël des cartes d'enfants blonds et laids dont les pères tout aussi laids ne portaient même pas de couronne)

je n'avais que faire de passer des dimanches ennuyeux à mourir dans les concours hippiques du « Jockey » où mon grand-père causait avec d'autres officiers, où le président de la République, un général vieillissant nommé Carmona, me caressait la tête avant de monter à la tribune. Le général vieillissant avait pris la défense de mon grand-père après la révolte de Monsanto, lorsqu'il avait voulu remettre le roi sur le trône et que de méchants hommes à barbes noires l'en avaient empêché. À cause de ces méchants hommes à barbes noires, mon grand-père dut partir vivre au Maroc mais heureusement, pour ne pas que je naisse Maure, est apparu Salazar qui aimait Notre Dame de Fátima et les gens comme nous, ma famille est revenue au Portugal où se trouvait la Casa da Santa Zita qui nous envoyait des servantes chargées de m'apporter mon petit déjeuner au lit, et le monde grâce à Dieu est de nouveau rentré dans l'ordre, parce que Salazar a fait marcher au pas les enfants des méchants hommes à barbes noires qu'on appelait démocrates et qui rêvaient d'expulser monsieur le curé de l'église, de voler notre argenterie et de nous voir manger à la même table que notre jardinier. Au grand dam de mes oncles

— De qui tiens-tu donc ?

cette éventualité ténébreuse ne me préoccupait guère vu que le jardinier était plus sympathique que les visiteurs qui envahissaient notre jardin le dimanche pour jouer au canasta et se trompaient sur mon nom

— Toi c'est João, Pedro ou Miguel ?

sans compter que lui m'apprenait à tendre des pièges aux oiseaux et qu'il ne mouchardait pas lorsqu'il me surprenait à fumer. Par ailleurs les enfants du jardinier jouaient mieux au ballon que les têtes blondes des cartes de vœux, dont les bouches ressemblaient à celles des poissons du bassin, révélant d'emblée de parfaits benêts, d'autre part si monsieur le curé disparaissait de l'église je n'étais plus obligé de servir la messe et c'en était fini des déjeuners à la maison où les curés me chuchotaient toujours des choses vertueuses en m'étreignant les genoux. Je n'ai jamais compris pourquoi mais quand ma grand-mère entrait les curés s'écartaient aussitôt et ne se souciaient plus de m'interroger sur ma chasteté, un mot dont j'ignorais la signification et qui semblait concerner d'étranges principes que les démocrates ne respectaient pas, des démocrates que Salazar, bien sûr, jetait en prison. Pour ne pas être jeté en prison, je cherchai chasteté dans l'encyclopédie et j'appris que c'était la même chose que pureté. Comme j'ignorais également ce que voulait dire pureté j'ai demandé à ma mère

— C'est quoi la pureté ?

l'un de mes frères a anticipé

— Ce n'est pas la pureté c'est la tante Pureté

une amie de la famille qui nous barbouillait de rouge à lèvres en nous embrassant, jusqu'au jour où elle a cessé de venir suite à une sombre histoire entre son mari et une cousine. J'ai entendu dire

— Un de ces jours, la Pureté va tomber dans le ruisseau

et j'ai enfin compris pourquoi les curés ne voulaient pas que je tombe dans un cercle de mauvaises fréquentations. Des saints hommes. Il était seulement dommage qu'ils ne viennent pas au manège le samedi matin pour m'aider à ne pas dégringoler dans le fumier des rosiers, dans le ruisseau comme la tante Pureté pour le plus grand chagrin de Salazar, cet homme généreux et bon, ce brave homme, qui faisait tant pour nous.

Le grand amour de ma vie

Comme Ivone est mariée nous nous retrouvons le soir après son travail au café de Loures le plus loin possible de son bureau, de son coiffeur, de l'école de ses enfants, du cabinet médical où elle va soigner ses reins, de sa couturière, de son esthéticienne, de la tante de son mari et du garage de son frère qui est toujours dehors, en bleu de travail, à soulever des capots d'occasion et à vanter des batteries. Nous avons découvert cette petite terrasse près du cimetière, entre une entreprise de pompes funèbres et une vitrine de gerbes funéraires et de couronnes poussiéreuses couvertes de mouches bleues, et nous restons là main dans la main au-dessus de deux beignets de crevettes, de mon jus d'orange et de l'eau de source prescrite par le docteur pour dissoudre ses calculs, à regarder les cyprès et l'aveugle adossé au portail sur son tabouret, qui joue sur son accordéon des heures durant, ses lunettes noires pointées sur nous comme un reproche, la *Valse de Minuit* et le *Tango de l'Émigré*. Aucune de nos connaissances n'habitant ici et le cimetière fermant à six heures, les défunts en retard doivent attendre le lendemain matin, nous ne courons pas le danger d'être surpris.

À moi qui suis célibataire, je vis à Forte da Casa et ma famille est au Luxembourg, toutes ces précautions m'ennuient un peu, devoir porter ma gabardine le col relevé, et le borsalino qu'elle m'oblige à rabattre sur les yeux au mois d'août, ça m'ennuie d'être forcé de beugler Corália dès que l'employé s'approche, tandis qu'elle me chuchote verte de peur

— Appelle-moi Corália mon amour appelle-moi Corália mon amour imagine que le serveur connaisse Fernando

ça m'ennuie d'attendre une demi-heure après son départ pour attraper l'autocar qui me ramène à Forte da Casa

(– Patiente une demi-heure mon amour si Fernando l'apprenait il me tuerait)

attendre une demi-heure alors que le cimetière s'assombrit au son de la *Valse de Minuit* et du *Tango de l'Émigré* que l'aveugle invisible glapit dans les ténèbres, suivie d'une autre demi-heure à crever de chaud sous ma gabardine et mon chapeau pour avoir raté de quelques secondes l'autocar de huit heures, et le tout deux fois par semaine, le lundi et le jeudi, ça fera un an en octobre, tout ça pour décrocher cinq baisers au plus, jamais nous n'avons fini au lit, jamais nous n'avons fait l'amour, jamais je n'ai touché sa poitrine, tout ça pour décrocher le téléphone qui me réveille en sursaut, moi qui me lève à sept heures du matin, et entendre sa voix dans un chuchotement empressé

— Juste pour te dire très vite que je t'aime pendant que Fernando se lave les dents au revoir tout ça pour un déjeuner le dimanche sur des tables séparées, sans pouvoir se regarder l'un l'autre, dans la rôtisserie de Loures, elle avec son mari et ses enfants et moi tout seul penché sur *A Bola*, l'entendant gronder son fils aîné

— Ne mange pas avec tes mains Eduardo assieds-toi comme il faut sur ta chaise

entendant Fernando s'impatienter contre elle

— Laisse le gosse Ivone

supportant les braillements du plus jeune qui réclame un autre Coca-Cola, une autre glace, un autre gâteau, qui joue avec de petites voitures sur la nappe

— Vrrrrrroum

qui se promène dans le restaurant, qui se mêle aux gens, qui s'approche de ma table

— Comment tu t'appelles?

elle au bord de l'évanouissement et Fernando avec un sourire d'excuse

— Ne dérange pas le monsieur Pedrinho

moi en souriant également la bouche pleine de mon entrecôte

— Il ne me dérange pas du tout ce petit

elle à l'agonie, sa fourchette perdue entre l'assiette et sa bouche, elle dans un hurlement

— Pedrinho

Fernando irrité, en haussant les épaules et en me lançant un clin d'œil complice

— Tais-toi Ivone

et le lundi, sur la petite terrasse près du cimetière elle en oublie son beignet aux crevettes, ses doigts tremblent

— Je suis sûre que Fernando a tout découvert mon amour

Fernando qui ne l'aime pas, c'est évident qu'il ne l'aime pas

(– Ça c'est ce que tu crois mon amour)

et qui prendra sa valise un de ces jours pour aller vivre à Damaia avec une collègue des impôts

(– Fernando ne ferait jamais ça mon amour)

Fernando qui se fiche pas mal qu'elle soit avec moi ou qu'elle ne le soit plus, Fernando qui ne supporte plus Eduardo, qui ne supporte plus Pedrinho, qui ne la supporte plus, qui serait incapable de passer le lundi et le jeudi en gabardine et chapeau sur la petite terrasse près du cimetière, à boire du jus d'orange avec une paille et à entendre la *Valse de Minuit* et le *Tango de l'Émigré* à en devenir sourd, il ne supporterait pas d'être réveillé en sursaut par le téléphone

— Juste pour te dire très vite que je t'aime pendant que Fernando se lave les dents au revoir

et pour moi les difficultés commenceraient le jour où Fernando prendrait sa valise pour aller vivre à Damaia avec une collègue des impôts, car tout bien considéré je préfère Forte da Casa et Forte da Casa c'est un deux pièces-cuisine, c'est trop petit pour avoir des enfants, trop petit pour avoir une femme, sans compter ma nièce qui passe toujours ses vacances de Noël avec moi, comme demain c'est mardi je demanderai un congé à mon chef de bureau, je prendrai l'autocar, j'attendrai Fernando à la pause du déjeuner et je le supplierai de ne pas quitter Loures.

Les jeunes mariées

De l'autre côté de la route de Benfica, presque en face de chez monsieur Filipe, Vaisselle & Verres
(cagibi minuscule encombré d'éléphants en terre cuite et de tigres en porcelaine grandeur nature, de recueils d'histoires drôles, d'almanachs perpétuels et de romans d'occasion de Maxime Gorki)
il y avait, entre le magasin de fruits et légumes de la mère de Nelito, un camarade d'école primaire arborant déjà une houppette, une barbe naissante et une bague et qui s'est rendu célèbre comme chanteur du Club Estefânia des Pompiers volontaires lisboètes des années soixante et soixante-dix, sous le nom fort original de Nelo do Twist, de l'autre côté de la route de Benfica, disais-je, entre la mère de Nelito et le dispensaire de la pharmacie União, il y avait la boutique Foto Águia de Ouro.
Tous les matins sur le chemin de l'école et tous les soirs à la sortie des classes, je restais bouche bée devant les superbes jeunes mariées de la vitrine. Bien entendu, s'y trouvaient aussi des portraits de bébés tout nus les fesses à l'air étalés sur des coussins de

velours comme des porcelets sur un plat, sans persil dans le nez mais avec la pomme d'un sourire coincée dans la bouche, ou bien assis sur de petites chaises ouvragées, portant une étiquette épinglée sur leur bavoir Ne me prenez pas dans vos bras. Mais j'en avais plus qu'assez des nourrissons car chez mes parents surgissait ponctuellement, une année sur deux, un berceau d'où montaient des cris, sorte de puits de tulle sans fond, sur lequel les grandes personnes, omettant de faire taire les hurlements, se penchaient, heureuses, dans un débordement de câlineries.

Et donc des nourrissons il en pleuvait à la maison, transitant directement du berceau vers le pot et du pot vers la table de multiplication, alors que je n'ai jamais vu aucune jeune mariée, surtout des jeunes mariées comme celles de Foto Águia de Ouro, plus nombreuses encore que mes frères, quinze ou vingt dans des cadres en tout genre, de toutes tailles, carrés, ronds, ovales, rectangulaires, en voiles et couronnes de fleurs d'oranger, dans le petit salon de leur marraine pour la photographie dite *Le dernier appel téléphonique*, celle où la jeune mariée tient un combiné tout près de l'oreille tandis que dans le coin supérieur gauche, nimbé d'un petit cercle enfumé, le jeune marié, en jaquette et nœud papillon, répond par un sourire à des mots assurément pleins d'amour dans une extase qui m'attendrissait.

Des jeunes mariés dans le vestibule d'un appartement de Pontinha se tenant près d'un guéridon en faux marbre où un clown chromé dit adieu à une poupée espagnole, des jeunes mariés à la tête d'un cortège sur la côte d'une église, des cousines emplumées, des enfants avec la raie bien au milieu, souliers vernis et costume pied-de-poule, qui s'obstinent à vouloir toucher aux alliances, un ami facétieux faisant des petites cornes avec ses doigts derrière la tête du jeune marié et les amis de l'ami facétieux riant de la plaisanterie, des jeunes mariés coupant un gâteau élevé sur des piliers de sucre et couronné de roses en massepain, des jeunes mariés avec un verre de mousseux me portant un toast depuis la vitrine.

Quinze, vingt, trente, cinquante, deux cents, des milliers de jeunes mariées traversant la vitrine de Foto Águia de Ouro, envahissant la route de Benfica avec leur téléphone, leur poupée et leur bouquet, tandis que je m'enfuyais vers la maison, terrifié, poursuivi par une multitude proliférante de fleurs d'oranger, je me suis pendu à la sonnette et c'est une jeune mariée qui a ouvert, j'ai grimpé l'escalier en butant sur les invités qui posaient sur les marches, devant un homme masqué jusqu'à mi-corps par un appareil à trépied, je suis arrivé dans ma chambre et un groupe de jeunes mariées chuchotaient entre l'étagère et mon lit, feuilletant sans gêne mes cahiers, ouvrant mes tiroirs, fouillant dans les poches de ma canadienne, répondant J'arrive quand ma mère m'a appelé, et je suis resté seul, le dos tourné vers la fenêtre et le citronnier du jardin, avec la certitude que l'ami facétieux faisait de petites cornes avec ses doigts derrière ma tête.

La nuit des miss

À dix ans la chose la plus importante dont je me souvienne c'est l'élection de ma sœur Deta comme seconde dame d'honneur au concours des miss de l'Estrela. Je n'avais jamais vu la salle des fêtes aussi belle, avec le portrait du fondateur aux favoris ornementés de guirlandes et de pompons en papier, les *Complices des ténèbres* qui jouaient la rumba sur l'estrade en sautillant dans leurs petits souliers vernis, le faisceau bleu d'un projecteur braqué sur le batteur, un malchanceux qui ne trouvait jamais de petite amie car avant d'avoir pu démonter son instrument à la fin du bal, n'en finissant plus de dévisser plateaux et caisses claires, ses autres complices des ténèbres, qui n'avaient qu'à glisser flûtes ou autres dans leur étui, avaient déjà disparu avec les plus jolies filles du salon de coiffure, il y avait aussi monsieur Porfirio qui organisait les marches populaires, s'occupait des funérailles et consolait les veuves à grand renfort de chuchotis romantiques et de promesses de caveaux familiaux, au cours des matinées de l'Eden il demandait le silence d'un geste de mains transformées en mouettes, frappait de son ongle le micro pour tester le son

— Un deux un deux

sa voix, dans un tonnerre sifflant de Jugement dernier, appelait les concurrentes, au nombre de cinq, à s'avancer sur l'estrade, vêtues comme les actrices de cinéma sur les tablettes de chewing-gum, et ma sœur Deta, dans la jupe que ma mère et ma grand-mère ont mis presque un mois à faire, était la plus jolie de toutes. Pour dire la vérité j'ai même eu du mal à la reconnaître : au début avec ses volants et ses colliers je l'ai prise pour mademoiselle Marilia, la petite amie du contremaître qui prenait son thé à la Perola Vermelha, son caniche sur les genoux, impériale et solitaire, fondue dans un nuage de parfum, encens mystique (et autres choses moins avouables) de mon adolescence. Puis en y regardant de plus près j'ai bien reconnu Deta à ses ongles rongés

(mademoiselle Marilia les portait longs et gracieux)

et à la cicatrice sur sa joue qui la faisait surnommer Al Capone par ses collègues couturières, une cicatrice dont aujourd'hui encore j'ignore l'origine vu que ma sœur me court après la main brandie pour une claque vengeresse dès que je me hasarde à le lui demander. Mais pour l'élection de miss de l'Estrela ma mère et ma grand-mère lui avaient étalé tant de crème sur le visage qu'on ne remarquait plus rien, j'ai suggéré

— Avec toute cette chantilly si on te plantait des bougies sur le front tu ferais un beau gâteau d'anniversaire Deta

Deta s'est mise à crier, ma grand-mère m'a menacé de sa mule et si mon père n'avait pas été d'une humeur radieuse, tout à sa gnôle pour fêter la victoire de l'Oriental, j'aurais fini à la polyclinique flanqué d'un infirmier plâtrant ma jambe. Monsieur Porfírio a présenté les concurrentes très nerveuses qui défilaient et tournoyaient un peu au hasard en butant les unes dans les autres au son d'une rumba spéciale des *Complices des ténèbres* qui les dévoraient des yeux, hormis le batteur dont le jeu forcené des baguettes donnait l'impression qu'il détestait son instrument. Quand la musique prit fin, Deta et ses rivales s'alignèrent sur l'estrade, le jury, c'est-à-dire le contremaître et le neveu du fondateur de l'Estrela, élimina d'entrée de jeu celle du milieu et celle de l'extrême gauche qui avait malencontreusement refusé de déjeuner avec lui à Caldas da Rainha, elles quittèrent l'estrade en l'insultant, ma mère gonflée d'orgueil et de soulagement

— Au pire nous sommes sûres de remporter un ruban et un bouquet de fleurs

il restait deux coiffeuses et ma sœur toutes trois minaudant et souriant au jury, prêtes à marcher jusqu'à Caldas da Rainha s'il le fallait pour manger un croque-monsieur, aussi pleines d'espoir que lorsqu'on se rend à Fátima, et les coiffeuses à cette heure doivent s'y trouver puisqu'elles ont fini miss et première dame d'honneur, toutes deux parées d'une couronne et d'un sceptre, et Deta a non seulement été privée de croque-monsieur mais a dû se contenter de quelques roses à demi fanées, d'un ruban guère plus épais qu'un fanion, la consternation de ma famille, les paroles de consolation des collègues

— Représente-toi au concours l'année prochaine tu gagneras Al Capone

et ma joie autour d'elle

— Prête-moi ton ruban un petit moment prête-moi ton ruban un petit moment

jusqu'à s'endormir dans les bras de ma grand-mère bercé par une rumba. Un soir, au cours du dîner, repensant à la nuit de l'élection, mon beau-frère

(mon beau-frère a cessé de jouer de la batterie avec les *Complices des ténèbres* pour devenir employé au gaz)

m'a déclaré, en pinçant avec tendresse la fesse de son épouse

— Si Al Capone n'était pas restée en arrière à pleurer de rage me laissant le temps de ranger mon instrument je serais encore célibataire Armando

et je n'ai pas compris, franchement je n'ai pas compris pour quelle raison ma sœur a planté sa fourchette dans ses doigts, s'est levée de table en courant et a claqué la porte de la chambre si fort que la photo de leur mariage s'est décrochée du mur, le verre s'est cassé en déchirant les jeunes mariés par le milieu, et le cadre orné de marguerites en terre cuite s'est, hélas, brisé pour toujours sur le sol.

Sandokan et la Minhote

Pour le carnaval on me déguisait en Minhote et je restais trois jours toute seule sur le balcon à lancer des serpentins qui se balançaient aux branches des arbres du jardin Constantino jusqu'à ce que les pluies de Pâques les décolorent. J'étais grosse en ce temps-là : lorsque à seize ans je suis entrée comme apprentie chez monsieur Armando j'ai cessé d'être grosse pour n'être que corpulente. Mon parrain qui déjeunait avec nous le dimanche pour écouter à la radio les résultats de l'Atlético parce que sa radio à lui passait son temps au clou, et aimait se déguiser en femme, avec un foulard et du rouge à lèvres, expliquait en montrant les coussinets de sa poitrine que les dames se devaient d'être spacieuses bien que notre médecin de famille m'assure après m'avoir pesée que quatre-vingt-dix kilos, dona Aurora, à cinquante et un ans, je ne voudrais pas vous offusquer, mais peut-être que ça fait un peu trop d'espace. Et pourtant, quand j'étais jeune, les hommes n'aimaient pas que nous soyons de vulgaires squelettes, et je crois que Sandokan est tombé amoureux de moi pour ma corpulence.

SANDOKAN ET LA MINHOTE

Bien entendu Sandokan n'était pas son nom : il s'appelait Feliciano et à l'époque où l'on me déguisait en Minhote, on le déguisait lui en prince malais, avec turban à émeraude de verre et moustaches dessinées au bouchon brûlé, et il passait sous mon balcon avec ses parents, en route pour le Carnaval do Eden où après le passage des clowns on décrochait des douzaines de ballons du plafond tandis que des pirates à jambe de bois glissaient de petits papiers coquins dans le cou des fées en cheveux d'étoupe blonde qui tenaient des baguettes de contreplaqué, suffoquant de larmes et de honte.

Du temps de la Minhote il ne me prêtait aucune attention, de mémoire d'homme on n'a jamais vu un Sandokan s'intéresser à des boucles d'oreille en fer-blanc : il est tombé amoureux de moi lorsque je cousais des pantalons chez monsieur Armando et un soir j'ai reçu en cadeau un calendrier avec une photo d'un petit chien ressemblant à ma cousine Alcina, le calendrier d'Auto Mecânica Manuel José Palhas Bexiga (Carrosseries & Peintures) accompagné d'un billet dans une enveloppe rose qui disait Je vous attends à l'épicerie du bossu, qui se trouvait dans la rue Pascoal de Melo devant la brasserie où se tient à présent l'horloger. Feliciano avait quitté son turban avec son émeraude de verre, portait une vraie moustache au lieu de celle maquillée, conduisait le taxi de son père et cependant à mes yeux il ressemblait toujours à un prince malais, en lunettes noires de star dont le bas des verres devenait transparent. J'ai accroché le calendrier de l'Auto Mecânica Manuel José Palhas Bexiga (Carrosseries & Peintures) au mur de ma chambre près de la petite sainte, je l'ai pris avec moi quand, après avoir signé l'acte, contrariant ma défunte mère qui nous aurait voulus au jardin Constantino pour tenir compagnie à ses rhumatismes, nous avons loué une moitié de maison dans le quartier Socorro, je l'ai accroché au-dessus de notre lit en fer et je ne m'en suis débarrassée qu'avant-hier, mon mari n'ayant plus donné signe de vie depuis neuf jours et la propriétaire m'ayant appris qu'il s'était installé à Pena da França avec une créature aux cheveux rouges, plus jeune que moi de dix kilos

(et le docteur d'insister Tout cet espace, dona Aurora, ce n'est pas bon pour votre asthme)

une maigrichonne grinçant des os, manucure au salon Ideal.

Je me suis débarrassée du petit chien de l'Auto Mecânica Manuel José Palhas Bexiga (Carrosseries & Peintures) avant-hier : c'était Mardi Gras, trop tard pour louer un costume de Minhote. Toutefois j'ai eu le temps d'arriver sur le balcon, de déchirer le calendrier en lambeaux que j'ai lancés, comme s'il s'agissait de serpentins, sur les arbres de Socorro où ils resteront, se balançant aux branches jusqu'à ce que les pluies de Pâques viennent les décolorer.

Dormir accompagné

Toute ma vie j'ai dormi accompagné. J'ai commencé par un berceau enrubanné de tulle près du lit conjugal dont le matelas était creusé par deux cuvettes longitudinales, l'une à la mesure de ma mère et l'autre, plus grande, de la taille de mon père, dans lesquelles ils s'allongeaient tout raides, le soir, comme un stylo et un porte-mine Parker dans le sillon de leur étui. Dès que je pleurais, un grommellement ensommeillé

— Il a dû perdre sa tétine

s'élevait péniblement des draps, une manche tâtait le noir pour me bercer et neuf mois plus tard un nouveau frère naissait. Par le nombre d'enfants que mes parents ont eus, tout porte à croire que j'ai eu la larme facile.

Du berceau je suis passé dans la chambre des servantes qui, à l'instar des saintes, n'avaient que leur prénom, comme pour s'affranchir de la pesanteur terrestre d'un nom de famille, Texeira, Mendes ou Brito, lesquels s'accordent mal avec le Paradis. La seule différence résidait dans le fait que, au lieu d'habiter sur les calendriers à spirale en lettres minuscules sous le jour de l'année, elles servaient à table en tablier et coiffe, les effluves d'encens remplacés par du savon bleu et blanc et par l'odeur d'oignons frits. Les dimanches de congé elles étaient attendues par des lascars peu catholiques, la cigarette fichée entre les dents, adossés à un coin de rue avec l'une de leurs chaussures posée au sol et l'autre contre le mur au bout de leur jambe fléchie, dans une immobilité de flamant rose au fond d'un parc zoologique en équilibre sur une seule patte. Aujourd'hui encore quand j'entends certains prénoms

(Epifânia, Jacinta, Felicidade, Cândida, Albertina)

je ne sais pas si l'on me parle de saintes ou de cuisinières.

De la chambre des servantes je suis passé à une chambre partagée avec mon frère Frederico qui prenait au sérieux les équations du second degré, le réseau fluvial du Vouga et les compléments indirects, pendant que moi je me penchais à la fenêtre du jardin pour reluquer la filleule du boulanger, sirène familière des petits pains que mon bâtard n'impressionnait absolument pas. Le résultat était prévisible : mon frère est devenu un important gérant, la filleule du boulanger s'est mariée avec un caissier de banque qui ressemblait plus que moi à un croissant, elle a prospéré en kilos et en bagues et habite à Ginjal, et moi je suis toujours à la fenêtre à attendre que les jours d'antan reviennent dans la paume de ma main comme de fidèles boomerangs. Dans le fond, le temps n'a pas passé : si je colle l'oreille à mon enfance, comme à un coquillage, j'entends une mer de jours ensoleillés et de rires de cousines en bikini ajournant ma mort et m'accordant l'espérance.

Je constate avec soulagement que la vie demeure plus ou moins habitable et je m'étends sur le dos, tout au long de la semaine, comme un armateur grec sur le tillac de son yacht, entouré de veuves de présidents américains et de Picasso de la période bleue : celui qui ne s'est jamais intéressé au réseau fluvial du Vouga réussit à se transporter, sans sortir de Telheiras, sur les plages du Pirée. Il lui suffit de louer pour deux cents escudos au vidéoclub du quartier *Le matelas en délire*, *Les lapines suédoises* ou *Merci, grand-mère*.

Aujourd'hui, et depuis douze ans, je dors avec Luisa. En hiver, au retour du lycée, elle me refile la grippe attrapée avec ses élèves, ce qui est une façon de partager avec moi son travail. Comme elle enseigne l'histoire elle peuple de rois notre lit et il m'arrive souvent de trouver sur l'oreiller la barbe de D. João de Castro ou les favoris de Afonso de Albuquerque. Comme au second semestre elle enseigne l'histoire du XXe siècle, elle a ramené il y a quelques semaines Che Guevara à dîner. Je croyais qu'il était mort en Bolivie mais Luisa m'assure qu'il n'en est rien. Il s'exprime dans un portugais impeccable, il ne porte plus son béret, il a acheté une Alfa Romeo et dirige un cabinet d'architecture. Il m'a confié qu'il s'apprêtait à soustraire le Portugal aux ensorcellements du capitalisme, mais sa carte d'identité portant le nom d'Artur da Conceição Tavares né à Viseu me fait, je ne sais pourquoi, douter de lui.

Luisa soutient que je me laisse trop aller à une jalousie imbécile lorsqu'elle rentre à la maison à quatre heures du matin sentant l'after-shave et le cou marqué de suçons. Les conseils de classe, allègue-t-elle, durent toujours très longtemps, mais n'est-ce pas un peu étrange qu'elle appelle Che Guevara mon trésor ? Et puis le Cubain est avare. Afonso de Albuquerque, par exemple, me rapportait de Badajoz ces excellents caramels que j'aime tant et une bouteille d'Aniz del Mono à chaque fois qu'il se rendait en mission en Espagne, et D. João de Castro m'a donné un porte-clés, gadget de l'entreprise de produits pharmaceutiques pour laquelle il travaille. Ça me barbe d'avoir à attendre toute une année encore qu'il atteigne de nouveau l'Inde.

Eh le bossu qu'est-ce que tu as fait au son?

Le cinéma ce sera toujours pour moi une baraque près de la mer, un drap accroché au mur de bois faisant des plis au gré du vent du soir, des rangées de bancs en bois, le petit trou de la caméra qui vibrait derrière comme un vieux zinc, et traversant la salle depuis le petit trou jusqu'au drap, un rayon de lumière poussiéreuse qui fut l'Esprit saint de mon enfance. On entendait les vagues en même temps que le film, je pouvais fumer sans risque d'être surpris par mon père

(les gens de ma famille et les adultes en général, allez savoir pourquoi, n'appréciaient pas beaucoup de s'asseoir pendant deux heures sur des bancs en bois sans dossier)

il y avait des fillettes de onze ans très jolies, qui ne semblaient pas du tout impressionnées par les cigarettes que je chipais à l'oncle Eloy, ni par le parfum de ma mère dont je m'aspergeais les aisselles en cachette dans l'espoir de séduire ces sirènes indifférentes, toutes chuchotis, risettes et bulles de chewing-gum, fascinées par des vieux de quinze ans, déjà décrépits, déjà barbus, déjà en culottes longues, qui parfois même buvaient de la bière et avaient la permission de rentrer après minuit.

Le cinéma ce sera toujours pour moi une image brouillée sur un drap devant un public qui pousse des cris de protestation

— On ne voit pas le personnage

ce sera toujours Jeff Chandler sautant de son cheval, tantôt net tantôt flou, pour dégommer en moins de deux tout un bataillon d'Indiens, sans l'aide de personne, une chose que moi, contrairement aux vieillards de quinze ans qui ne pensaient qu'aux revues de femmes nues

(quel intérêt peut avoir une revue de femmes nues comparée à *Picsou magazine*?)

je me serais senti capable de faire avec la plus grande facilité si on m'avait donné le même revolver, chose que les filles de onze ans, qui n'avaient d'yeux que pour ces lascars buveurs de bière, ne pouvaient pas comprendre, et là-dessus le son du film s'évanouissait, Jeff Chandler bougeait ses lèvres dans une bronchite de bobines mêlées aux vagues de la plage, le public s'impatientait

— Eh le bossu qu'est-ce que tu as fait au son?

la lumière verte du phare filtrait à travers les planches, on entendait un chalutier s'approcher dans un gargouillement de gasoil, Jeff Chandler tirait dans un silence absolu et à chaque coup de feu les Indiens tombaient non pas un à un mais par poignées

(une seule balle tuait au moins douze Sioux)

sans émettre le moindre gémissement, le public exaspéré

— Eh le bossu qu'est-ce que tu as fait au son ?
le son revenait une seconde quand Jeff Chandler s'approchait de Maureen O'Hara tout en plumes et minauderies, puis disparaissait de nouveau au moment du baiser final

(Maureen O'Hara devrait être un modèle pour toutes les femmes de onze ans car je ne l'ai jamais surprise en train de chuchoter ou de glousser et encore moins de mâcher du chewing-gum)

le public furieux vociférait

— Eh le bossu qu'est-ce que tu as fait au son ?
Les mots rouges The End apparaissaient en vibrant sur le drap, les lampes de la baraque se rallumaient et j'en profitais pour dégommer tous les vieux de quinze ans que je pouvais avec le Colt de mon index braqué. Les parents des fillettes les attendaient pour les ramener à la maison et je restais debout au milieu d'une multitude d'amateurs de femmes nues, plein de l'orgueil hautain des shérifs solitaires, tandis que la mer avançait et reculait sur la plage, mon cœur soudain triste à mourir, languissant après d'irrésistibles mais indifférentes sirènes sans poitrine encore, le visage masqué par des bulles de gomme rose.

Le Spitfire dos Olivais

Le problème n'est pas la peur, le problème c'est ma hernie car je ne connais pas la peur. Si c'était de la peur je ne passerais pas quatre mois à m'entraîner au gymnase, saut à la corde, musculation, miroir, ring, quatre mois pendant lesquels je me rends à l'Ateneu après mon travail pour en sortir à onze heures du soir le ventre vide, sans cigarette, sans verre entre copains, sans même un câlin d'Adelaide qui doit se lever à six heures et demie pour aller à l'usine, et sans parler de monsieur Fezas qui me voyant m'entraîner pour le combat m'a tout de suite prévenu

— Si tu veux vraiment devenir un poids plume les filles c'est plus la peine d'y penser

monsieur Fezas a toujours du coton et du Mercurochrome sur lui pour badigeonner nos écorchures et, comme il n'est pas poids plume, boit comme un trou à Amadora en compagnie d'une gamine aux cheveux jaunes de trente ans de moins que lui.

C'est monsieur Fezas qui a changé mon nom lorsqu'il m'a pris en photo pour l'affiche, considérant qu'Adérito da Conceição Bexigas ne convenait pas à un champion, il a mis côte à côte ma photo et celle de l'Espagnol, au bas de la sienne on lisait Pepe Rodriguez, le Gitan redoutable, sous la mienne Adérito, le Spitfire dos Olivais et en haut on lisait Combat Sensationnel en trois rounds. Tout allait pour le mieux, monsieur Fezas m'encourageait quand je sautais à la corde

— Le grand Spitfire

la gamine de monsieur Fezas était assise dans un coin, les cheveux plus jaunes que jamais, sa bouche en O faisant des bulles de chewing-gum, lorsqu'un jour l'Espagnol est entré dans la salle de l'Ateneu pour se dégourdir les poings. Je l'ai trouvé bien plus grand que sur la photographie avec sa tête de plus que moi et ses bras aux muscles bulbeux, ma hernie s'est aussitôt mise à me titiller et j'ai dit à monsieur Fezas, alors que l'Espagnol venait de déboîter la mâchoire d'Elder au premier crochet gauche

— Ma hernie me fait un mal de chien monsieur Fezas

monsieur Fezas qui épongeait ma sueur avec la serviette

— Je ne savais pas que tu avais une hernie, Spitfire

et moi de pointer mon aine

— Ça doit être une hernie parce que ça me prend ici

monsieur Fezas a fait appeler Amilcar de la pharmacie pour m'ausculter le ventre

— Spitfire se plaint d'avoir une hernie

Amilcar de me passer les doigts sur le nombril

— je ne sens rien
et l'Espagnol qui expédiait Fernando d'une droite en lui faisant sauter les deux dents de devant, moi à Amilcar

— Ce n'est pas là c'est plus bas

Amilcar qui n'y connaît rien aux hernies de chercher plus bas

— Je ne vois aucune hernie monsieur Fezas

monsieur Fezas regardant vers l'Espagnol qui allongeait Carlos d'une gauche puis se tournant vers moi qui n'allongeais pas même un moustique

— C'est la frousse que tu as Spitfire

et moi qui m'entraîne tous les jours au gymnase depuis des mois, qui ai cessé de fumer et de voir Adelaide, moi qui souhaite seulement combattre, moi choqué par son injustice

— Je n'ai peur de personne, monsieur Fezas, je vous jure que s'il n'y avait pas cette hernie je démolirais l'Espagnol sur-le-champ

monsieur Fezas furieux contre moi à en cracher son coton

— Et dire que j'ai dépensé sept mille escudos en affiche pour que cette mauviette se dégonfle, dire que j'ai dépensé sept mille escudos pour ce pédé.

C'est injuste. Ça ne se fait pas. On n'expulse pas un boxeur de l'Ateneu sous prétexte que sa hernie le diminue, on lui propose un combat contre un plus maigrichon, le temps qu'il récupère de sa maladie. On ne vous jette pas votre affiche à la figure, on ne traite pas les gens de

— Spitfire de merde

on ne va pas raconter aux amis de la brasserie, on ne va pas raconter à Adelaide qui m'a alors écrit une lettre de rupture. Et c'est injuste qu'Helder, Fernando et Carlos m'ignorent lorsqu'ils me voient au billard de la brasserie en train de faire quelques coups solitaires.

Autant que je m'en souvienne seule ma mère n'a pas rompu avec moi et me voyant abattu elle m'a préparé des crèmes aux œufs avec le dessin à la cannelle d'un avion anglais dessus. Pour la remercier je l'ai prévenue que la semaine prochaine j'irais chez le médecin pour ma hernie et qu'aussitôt que je serais remis j'irais demander à monsieur Fezas de me reprendre. Le traitement doit durer un an, et comme par un fait exprès c'est le temps qu'il faudra à l'Espagnol pour abandonner la boxe et repartir définitivement en Galice gagner sa croûte dans une scierie.

Et quand Adelaide saura que le Spitfire dos Olivais est le champion du quartier elle voudra venir me manger dans la main mais je ne lui donnerai même pas un os à ronger. Et si Helder, Fernando et Carlos s'imaginent que j'accepterai de jouer avec eux au billard, ils se fourrent le doigt dans l'œil. Reste à espérer que l'Espagnol ne renonce pas à sa scierie pour rester à Lisbonne. J'ai la nette impression que tant que je le sentirai proche, ma hernie ne disparaîtra pas : une voisine de ma mère qui tire les cartes m'a expliqué que certaines personnes ont le don de vous porter une poisse de tous les diables, quoi qu'on fasse.

Mon vieux

Quand j'avais dix ans mon vieux ne faisait plus de boxe : il suçait des pastilles pectorales du Dr Bayard et entraînait les amateurs de l'Académico. L'Académico était un sous-sol du quartier, à côté de celui de concierge que nous habitions dans l'immeuble, et à la place de ma mère faisant du crochet entre le fourneau et la radio surmontée de la photo de mariage de ma cousine, il y avait deux sacs de sable pendus au plafond, un carré de corde pour le ring et mon vieux avec un seau en plastique plein d'eau, une éponge et un sifflet, entraînant les murs. Pour le reste on retrouvait les mêmes affiches accrochées, la même odeur de sciure et de caoutchouc pourri, le même pigeonnier dans l'arrière-cour, adossé à un noyer mort. Ni depuis l'Académico ni depuis notre maison on ne voyait le fleuve et j'étais heureux.

Mon vieux a arrêté la boxe pour cause de maladie aux poumons. Alors qu'il était champion du quartier en mi-léger il a commencé à maigrir et à tousser, ma mère lui a dit

— Tu devrais consulter un médecin Arlindo

il n'en fit rien, il remit son titre en jeu lors d'un combat avec un garçon mulâtre de Chelas, il y alla à jeun car des frissons lui ôtaient l'appétit, le mulâtre lui travailla le foie dès le premier round, le soigneur de mon vieux insistait

— Abandonne Arlindo

et mon vieux, affligé de sa vésicule

— T'en fais pas

et au troisième round, bien sûr, il a été pris d'une quinte de toux, son protège-dents est tombé, le mulâtre lui a flanqué un puissant crochet du droit, et le docteur du sanatorium, durant les mois que mon vieux y passa à soigner sa poitrine, eut un mal fou à le convaincre de porter un dentier pour remplacer les dents que le droit du mulâtre avait arrachées. À son retour à Penha de França, comme il ne pouvait pas récupérer son titre par suite de séquelles aux poumons, il a fondé l'Académico avec mon parrain et a commencé à entraîner des mi-légers dans l'espoir que l'un d'eux démolisse le mulâtre d'un uppercut vengeur et l'envoie au cimetière de l'Alto de São João.

Les affiches maculées du mur représentaient mon vieux en short, qui vous regardait avec une grimace de colère en vous menaçant de ses gants et on lisait dessous : Arlindo da Conceição Martins Poings de Pierre, de Penha de França. Mais mon vieux ne faisait peur à personne, il était petit et plutôt maigrichon, d'une tête de moins que ma mère qui, elle par contre, grande et forte, si elle avait pu faire du crochet pour la boxe, aurait envoyé le mulâtre *ad patres* d'une pichenette. Mais ma mère ne se fâchait jamais et de plus l'infirmier de Porto lui défendait tout effort afin de ménager sa sciatique. Mon vieux a bien cherché à le convaincre de la laisser entrer dans une équipe féminine de lutte

— Ma femme a des dispositions monsieur Borges

mais l'infirmier désignant sa colonne

— Elle va se coincer le nerf, Martins, vous voulez qu'elle finisse dans un fauteuil roulant ?

Si bien que ma mère travaillait à la journée et s'occupait du pigeonnier entre deux travaux de crochet. L'un des pigeons était pigeon voyageur, mais il ne sortait pas même du potager et parfois le soir je l'entendais roucouler derrière mon volet.

Dès que je sortais de l'école j'allais rejoindre mon vieux à l'Académico. Il y avait une faible ampoule au plafond

(pour économiser la lumière)

un ou deux entêtés allongeant des coups aux sacs de sable, un bossu pour lequel mon vieux nourrissait certains espoirs qui sautait à la corde près de l'urinoir, un couple de mi-légers sur le ring, faisant de petits bonds en avant et en arrière, mon vieux qui criait

— Tape-lui dessus

mais eux, crevant chacun de trouille devant l'autre, désiraient surtout retourner au bistrot du coin avec toutes leurs dents. À l'heure du dîner mon parrain arrivait, émoustillé par la bière, se plaignant que si un champion ne se révélait pas bientôt, l'argent ne suffirait plus à la location du gymnase

(mon parrain aimait appeler gymnase la cave)

aussitôt le bossu se mettait à sauter à la corde de plus belle pour le rassurer, ceux qui allongeaient des coups aux sacs redoublaient d'agressivité, mon vieux encourageait les poltrons

— Tape-lui dessus

mon parrain, assis sur un tabouret, faisait non de la tête, découragé, en épongeant la sueur de bière dans son cou

— Comme ça on n'y arrivera jamais Arlindo

et à la fin du mois le propriétaire, qui tenait la charbonnerie, fit fermer l'Académico pour non-paiement du loyer et garda le seau en plastique, l'éponge et les sacs de sable en dédommagement.

Dès lors, mon vieux changea. Voilà cinq ans qu'il n'est pas sorti de la maison, assis sur un tabouret dans la cuisine près du réfrigérateur, suçant les pastilles pectorales du Dr Bayard sans prêter la moindre attention aux chansons de la radio. Le bossu lui rend visite de temps en temps, tente de lui remonter le moral en lui montrant les affiches où Arlindo da Conceição Martins jette un défi au monde entier avec ses poings de pierre, mais mon vieux hausse les épaules et se renfrogne. Il reste planté là une éternité, muet, ma mère

— Viens te coucher Arlindo

et mon vieux rien, il continue de dépouiller ses pastilles de leur papillote et de sursauter aux changements de bruit du congélateur, qui de temps à autre tremblote sous des poussées asthmatiques. Hier la soif m'a réveillé à minuit, je suis allé boire de l'eau au robinet et je l'ai découvert dans le noir, immobile, adossé à l'évier. L'infirmier, notre voisin, a dit à ma mère que mon vieux était mort du cœur, sans souffrance, soudainement, mais ce n'est pas vrai car il avait les yeux ouverts et l'oreille penchée vers le volet, à l'écoute des roucoulements du pigeon voyageur. Selon moi, ils devaient tous deux s'entretenir au sujet de la meilleure tactique de combat pour démolir le mulâtre. Et ce matin, après qu'on l'eut étendu sur le couvre-lit, en costume et cravate, il continuait encore, sans parole, à parler combats avec mon parrain en larmes. Mon vieux est ainsi : quoi qu'il advienne il n'oubliera jamais une défaite et, s'il le faut, il ira s'entraîner dans le jardin et retrouvera la forme en un rien de temps, malgré son âge, sa maladie aux poumons et le couvercle de son cercueil qu'on va bientôt refermer. Je sais de quoi je parle : jusqu'à ce jour mon vieux ne m'a jamais laissé tomber.

La veille du jour où je suis mort étranglé

Vendredi ça fera trois mois que j'ai remarqué, alors que je sortais faire les courses, la disparition de la boutique de vêtements pour dames au bas de mon immeuble. On avait recouvert la vitrine de papier gris, collé une croix sur la porte à côté de laquelle figurait l'inscription Église du Tabernacle et sous la croix deux Brésiliens habillés en moines qui annonçaient le Messie. À l'époque je ne les connaissais pas. À présent je les connais mieux : il s'agit des frères Ever et Juracy qui, après m'avoir guéri de mon ulcère, m'ont conseillé
— Rends grâce à Dieu
et j'ai rendu grâce à Dieu en leur offrant la soupière sans couvercle de la Compagnie des Indes que mon mari a oublié d'emporter quand nous avons divorcé. L'installation de l'église du Tabernacle à la place de la boutique de vêtements pour dames a été la meilleure chose qui me soit arrivée dans la vie. Je ne rentrais pas dans ces vêtements parce que je suis bien en chair et que la mode est aux maigrichonnes, et porter des

boucles d'oreille de la taille d'une assiette à dessert jure avec mon âge

(j'aurai cinquante-six ans en novembre)

alors que l'église a d'abord guéri mon ulcère puis a fini par guérir ma solitude. J'y suis allée pour la première fois le dimanche qui a suivi ce fameux vendredi, à onze heures du matin, assister à la Célébration de l'Agneau, et là où j'avais toujours vu une vitrine de cintres supportant des minijupes et des décolletés indécents, les frères avaient placé des apôtres à l'aquarelle

(Ever est doué pour le dessin)

un escabeau destiné au sermon recouvert de papier de soie décoré de petites étoiles et l'Esprit saint au plafond sur un carton, une colombe de la taille d'une avionnette qui nous bénissait de ses ailes. Nous étions cinq ou six, toutes de l'immeuble, à participer en bonnes voisines à la Célébration de l'Agneau, pendant laquelle les frères plaçaient leurs mains sur notre front, d'abord Ever tandis que Juracy l'accompagnait à la guitare, puis Juracy tandis qu'Ever jouait du tambourin, ils nous ont demandé de quelle maladie nous souffrions, ont ordonné

— Que Dieu te guérisse

ils ont attendu un moment avant d'annoncer

— Tu es guérie

et suggéré

— Rends grâce à Dieu

pourtant mon médecin affirme que mon ulcère est toujours là, qu'on le voit parfaitement sur la radio, que je dois continuer à boire du lait et à sucer des pastilles au goût de fientes de mouettes, lorsque je rapporte tout cela à Juracy en ajoutant ressentir des aigreurs et des douleurs, le brave petit me tranquillise aussitôt

— Tu es en pleine forme ma sœur ne t'inquiète pas

et je ne m'inquiète plus car il est impensable que Juracy me trompe, d'abord parce qu'il est un oint du Seigneur et ensuite parce que quand il m'embobine avec des salades du genre

— Aujourd'hui j'ai une réunion de pasteurs à Carnide ne m'attends pas pour dîner

je comprends aussitôt à sa cravate neuve et au parfum dont il empeste qu'il va retrouver une astrologue mulâtre Rua do Poço dos Negros, et je le mets au défi de commettre le moindre faux pas

— Si tu franchis cette porte tu ne remettras plus les pieds ici Juracy

et Juracy, qui sans moi travaillerait dans le bâtiment car je suis la seule sœur de l'église du Tabernacle à payer le bail avec la pension de mon divorce et quelques bijoux maternels que je mets au clou dans le quartier dos Anjos, Juracy renonce alors à se rendre au congrès des pasteurs et passe la soirée avec moi, bâillant d'ennui sur le canapé pendant que je me régale devant le feuilleton brésilien.

Bien que je ne possède plus beaucoup de meubles à la maison et qu'au fil des mois disparaissent au clou toutes mes cuillers à thé, l'installation de l'église du Tabernacle à la place de la boutique de vêtements pour dames a été la meilleure chose qui me soit arrivée dans la vie.

Pour la première fois depuis dix ans j'ai quelqu'un à qui me confier, sans parler du réconfort spirituel que m'apporte Juracy. Ever a abandonné il y a quelque temps l'église du Tabernacle pour devenir dentiste, au Portugal tous les Brésiliens arrachent des dents ou créent des religions, et Juracy trouve que j'ai beaucoup de chance d'avoir déjà un dentier car je ne cours ainsi plus le risque qu'Ever me fraise une molaire en creusant un tunnel jusqu'au sommet de mon cerveau. Quant à mon ulcère mon médecin s'obstine à vouloir m'opérer au vu de mes aigreurs et douleurs toujours plus aiguës, mais Juracy m'a convaincue de garder l'argent de l'opération pour une douce lune de miel aux Canaries. Nous nous sommes mariés l'an passé en communauté de biens, et en dépit de l'étonnement du maire

— Votre jeune époux a trente et un ans de moins que vous madame est-ce bien ça?

en dépit de Juracy qui insiste pour que je ne boive pas de lait, ne prenne aucun médicament, que j'avale des déjeuners pimentés et avec beaucoup de graisse car selon lui rien de tel pour combattre un ulcère, en dépit de son regard oblique qui se pose parfois sur moi avec l'air rageur d'attendre je ne sais quoi, et lorsqu'il comprend que j'ai remarqué cette attente haineuse il se confond en cajoleries, en dépit des questions qu'il me pose au réveil

— Tu te sens de plus en plus mal chérie?

en dépit de tout, disais-je, je suis heureuse. J'ai quelqu'un à qui me confier sans parler du

réconfort spirituel, et je ressens toujours de l'amour même lorsque Juracy cherche à m'étouffer sous l'oreiller
— Crève vieille peau
pensant que je suis endormie.

Sans l'ombre d'un péché

Quand Carminda m'a dit
— Tiens monsieur Castro a l'air de se plaire à l'étage
je ne l'ai pas crue. Et d'une parce que monsieur Castro est parrain de notre Ricardo Jorge. Et de deux parce que son épouse, dona Regina, est une vraie harpie dont monsieur Castro a une peur bleue. Et de trois je ne l'ai pas crue parce que Carminda est bigleuse. Aussi quand Carminda m'a dit
— Tiens monsieur Castro a l'air de se plaire à l'étage
je me suis dit que c'était des histoires car je passe la moitié de mon temps au Cultural. Le Cultural est un lieu où l'on joue aux dames avec les jeunes, où l'on se fait une partie de sueca après le travail, il y a un bar avec une machine à café et comme j'ai été élu trésorier et que le calcul des cotisations me donne un certain travail, je rentre tard à la maison afin de tenir les comptes à jour. Par ailleurs on a des problèmes avec les voisins qui se plaignent du bruit et disent qu'à partir de minuit ils ne supportent plus ni

nos chansonnettes ni l'odeur de gnôle. À mon sens, et comme je l'ai dit à la police, ce n'est pas juste : la faune du Cultural a toujours été bien élevée, jamais personne n'a manqué de respect à mademoiselle Elsa, la petite du coiffeur qui travaille pour le compte de Barros qu'elle accompagne toujours par peur que ce dernier, pour peu qu'elle lui lâche la bride, soit pris de remords et retourne chez sa femme qui est visagiste et possède une maison de vacances à Fonte da Telha. Aussi, quand Carminda est venue me chanter son refrain

— Tiens monsieur Castro a l'air de se plaire à l'étage

je ne lui ai pas prêté attention car je suis plutôt distrait et tout mon malheur vient de là. D'après moi, Carminda avec son air bigleux et monsieur Castro avec ses soixante-dix printemps n'avaient rien pour se rapprocher l'un de l'autre, surtout qu'on ne sait jamais dans quelle direction regarde Carminda avec ses yeux tirant à hue et à dia, surtout que monsieur Castro ne semblait vouloir que manger et dormir. En octobre on lui a ouvert le ventre à l'hôpital du Montijo et dona Regina m'a dit que le médecin avait la certitude que le petit vieux allait y passer et elle avait même commandé un médaillon en émail avec sa photo pour la porter au cou, mais ce ne fut pas pour cette fois. Il est resté quelques mois au lit en suivant une diète bouillon et agneau grillé, dona Regina l'a emmené à Fátima rendre grâce du miracle et au printemps on trouvait monsieur Castro à l'Havaneza, tout à son domino quotidien avec les autres retraités de la Carris.

Moi-même d'ailleurs j'ai sympathisé avec monsieur Castro, toujours habillé comme pour un baptême, une épingle en or tenant sa cravate et des chaussures si bien lustrées qu'on peut se peigner au-dessus, mais j'ai déchanté quand mardi dernier, ayant mal à la gorge je suis sorti plus tôt du Cultural et c'est en rentrant que j'ai découvert Carminda en soutien-gorge et monsieur Castro en caleçons, avec ces seins tombants qu'ont les hommes âgés, qui courait derrière elle autour de la table du salon en lui tapotant les fesses

— Petite polissonne petite polissonne

tandis que mon fils Ricardo Jorge applaudissait. Non seulement je n'ai pas sympathisé mais j'ai trouvé ça louche. Monsieur Castro m'a expliqué avec de bonnes manières qu'il s'agissait d'une plaisanterie tout à fait innocente, Carminda, rougissante, m'a assuré que monsieur Castro était un père pour elle et qu'il cherchait seulement à distraire Ricardo Jorge qui ne voulait pas se coucher, mais je n'en suis pas sûr. J'ai trouvé qu'ils étaient un peu trop dénudés pour une plaisanterie innocente, même s'il faut admettre que nous avons un mois d'août particulièrement chaud, ce qu'ils n'ont pas manqué de me faire remarquer. De plus j'ai eu l'impression que Carminda lui envoyait de petits baisers du bout des doigts et malgré tout Carminda

— Tu es fou ou quoi?

m'assure que non, tout comme elle m'assure que cette histoire au sujet de monsieur Castro qui se plaisait à l'étage était une façon de me titiller. Peut-être. Après tout monsieur Castro est parrain de

Ricardo Jorge, dona Regina est une harpie, Carminda est bigleuse. Peut-être que les trente-huit et demi de mon angine ont déformé ma vue. Peut-être que je me suis trompé en surprenant monsieur Castro qui clignait de l'œil à Carminda tandis qu'il me donnait des tapes dans le dos et me reprochait ma méfiance. Et peut-être que quand monsieur Castro m'a demandé

— Surtout n'en parle pas à ma femme

c'était pour dona Regina qui souffre du cœur et dont la jalousie maladive pourrait déclencher une crise de nerfs ou quelque chose de semblable, or personne ne veut que cette dame tombe malade pour une plaisanterie tout à fait innocente entre deux compères.

Cause toujours papy

Mon père a coutume de dire que d'une mauvaise graine il ne sort jamais grand-chose, et c'est peut-être la raison pour laquelle il ne m'a jamais confié un poste à responsabilité dans son entreprise. Il ne s'agit pas d'une grande entreprise : il y a mon père, la secrétaire de mon père, une demi-douzaine d'ouvriers et moi qui fabriquons des trombones à papiers, les trombones Osório vendus par boîtes de cent cinquante dans les bonnes maisons spécialisées, autrement dit dans les papeteries de quartier entre l'Alto de Santo Amaro et l'Ajuda. Les trombones sont dans la famille depuis trois générations, la secrétaire de mon père est entrée dans l'entreprise lorsque la veine au front de ma mère a éclaté et qu'elle reste depuis dans notre pavillon, sagement carrée dans son fauteuil une couverture sur les genoux, à nous regarder avec un œil mort et un autre encore en vie en marmonnant de temps à autre
— Osório
la seule parole qu'elle parvienne à articuler et qui témoigne de son attachement aux trombones. Avant

son histoire de veine, ma mère me protégeait : toutes les fois que je remplissais mal une facture et que mon père se ruait hors de son bureau pour me passer un savon

— D'une mauvaise graine il ne sort jamais grand-chose

ma mère, qui faisait tout ce que la secrétaire fait à présent excepté les baisers entre deux portes, protestait aussitôt

— Fiche donc la paix à ce garçon Gustavo il est né pour le saxophone

et mon père finissait par rétorquer

— Alors qu'il lâche les trombones et qu'il se consacre au Philharmonique

cependant elle apaisait toujours sa colère et permettait que je passe samedis et dimanches à jouer des paso doble aux répétitions de l'Estudantina. Puis sa veine a éclaté et ma mère a rejoint son fauteuil en marmottant

— Osório

mon père a engagé la secrétaire qui m'a prévenu dès le deuxième jour, toute gonflée d'une nouvelle importance

— À présent ça va changer de musique monsieur Tadeu

et de fait, à en juger par le bruit qu'elle faisait dans le bureau de mon père, le rythme prit une autre cadence. Mon père lui a donné des parts dans les trombones et l'a nommée gérante, il m'a sorti du bureau pour me confiner à l'accueil où j'ouvre la porte et réponds au téléphone. Ça ne me gêne pas. La seule chose qui m'ennuie c'est de ne pas pouvoir apporter mon saxophone pour répéter ici, car le maestro trouve que je joue une octave trop haut le *Viva Dolores*, perturbant le trombone à coulisse. Si je pouvais avoir mon saxophone dans l'entreprise ma vie en serait changée : dès que mon père déboulerait de son coin en brandissant un papier indigné

— D'une mauvaise graine il ne sort jamais grand-chose

je soufflerais le *Viva Dolores* en pensant

— Cause toujours papy

et je ne les entendrais même pas, lui et sa secrétaire, qui me traitent de bonne poire, qui me traitent de pauvre pomme, qui me traitent de tous les noms de fruits, et qui renversent des boîtes de trombones dans le bureau. Je penserais

— Cause toujours papy

je mettrais mon saxophone à mes lèvres et j'oublierais d'ouvrir la porte, j'oublierais de répondre au téléphone, perfectionnant mon *Viva Dolores* pour ne pas jeter la pagaille dans la partition du trombone. Mon père m'a parlé hier de me congédier parce que je ne suis pas efficace au travail. Il m'a dit que pour la première fois depuis trois générations un Osório n'a pas d'amour pour les trombones. Pour la première fois en trois générations un Osório préfère les tangos au fil de fer. Pour la première fois depuis trois générations un Osório est né taré. Que depuis trois générations un Osório ne mérite pas d'assembler les papiers des Portugais, et que cela étant il cédait mes parts à dona Vivelinda, laquelle témoigne non seulement d'une solide compétence pour les factures mais encore éprouve autant d'affection pour les trombones que pour les membres de la famille. Contrairement à ce qu'on pourrait imaginer, ça ne m'a rien fait. Le maestro trouve déjà que je joue mieux le *Viva Dolores* et j'ai dans l'idée de prendre mon saxophone, un petit siège en toile et un vieux béret, de m'asseoir sur le banc à l'entrée de l'église de l'Ajuda, de poser par terre mon béret, et de jouer des paso doble le dimanche matin entre deux messes. L'aveugle à l'accordéon qui se poste là depuis six ans dit qu'il y a des jours où il gagne jusqu'à cent escudos et plus lorsque le sacristain ne vient pas troubler l'artiste avec son manche à balai. Ce sacristain ne doit pas être très différent de mon père et si jamais il apparaissait avec un bâton moi

— Cause toujours papy

je prendrais mon saxophone, mon siège et mon béret et je déménagerais ma musique à la chapelle d'Alcantâra. Les artistes sont presque toujours traités de cette manière, Bach par exemple doit avoir maintes fois reçu des fruits pourris sur le crâne et cela ne l'empêcha pas de composer les *Violetas Imperiais* et le *Esta noche me emboracho*. Et comme l'aveugle et moi en sommes convenus, qu'est-ce que Bach et Mozart avaient de plus que nous en matière de paso doble ?

L'amour conjugal

Je suis mariée depuis vingt-quatre ans et je ne sais pas si je l'aime ou si je m'y suis habituée. Je ne déborde pas d'enthousiasme à l'idée que mon mari rentre tous les soirs à six heures et demie sept heures mais ça ne m'est pas non plus désagréable. La perspective de passer un mois de vacances avec lui et les enfants ne m'exalte ni ne m'ennuie. Faire l'amour n'est pas la chose qui m'excite le plus au monde mais je ne peux pas non plus dire que c'est une corvée. Zé Tó a le sens de l'humour, il n'est pas laid, il n'est pas idiot, il n'a pas tant de ventre que ça, il n'est pas mal pour son âge, il m'offre des fleurs de temps en temps, il me rapporte du parfum duty free au retour de ses réunions à Londres, j'ai commencé à flirter avec lui à dix-sept ans, je n'ai jamais couché avec quelqu'un d'autre, sincèrement je ne me vois pas coucher avec quelqu'un d'autre et cependant, vous comprenez, je ne sais pas si je l'aime ou si je m'y suis habituée. J'en arrive à penser que je l'aime quand je le compare aux autres hommes, aux maris de mes amies par exemple, à mes beaux-frères, et j'en arrive à penser que je m'y suis habituée quand je vois un film avec Robert de Niro. Ce n'est pas que Robert de Niro soit beau, mais c'est son sourire, c'est sa manière de regarder, c'est le vide qui flotte en moi quand je rallume la lumière et qu'au lieu de Robert de Niro, c'est Zé Tó près de moi sur le canapé, c'est Zé Tó près de moi dans la voiture, c'est Zé Tó qui me demande en portugais si la femme de ménage a repassé son pantalon gris, qui me fait remarquer que le robinet de la salle de bain goutte, et quand je suis allongée c'est Zé Tó en pyjama qui s'étend à mes côtés avec ses revues de 4x4 qui le passionnent, c'est Zé Tó qui me donne un baiser, éteint la lumière, c'est le talon de Zé Tó qui frôle ma jambe, c'est Zé Tó qui s'endort si vite et me laisse seule dans le noir à regarder le plafond en attendant un sommeil qui tarde, qui se fait attendre, qui met des siècles à venir. Bien entendu si Robert de Niro était ici je n'en voudrais pour rien au monde. Il a certainement des tas de manies insupportables, il est certainement égocentrique, peut-être aime-t-il assembler des miniatures d'avions ou autres bêtises de ce genre, si ça se trouve il me tromperait à droite et à gauche avec des actrices de Hollywood

(j'ai déjà quarante-six ans et sans être laide je n'ai rien à proprement parler d'une Jessica Lange)

et ma vie deviendrait un enfer de jalousie et de scènes de ménage puériles. Parfois, voyez-vous, je me demande ce qui me pousse à chercher si j'aime Zé Tó ou si je m'y suis habituée, parfois je me demande si c'est important de l'aimer, si c'est important l'amour, si l'amitié et la camaraderie

(c'est un mot horrible qui rappelle les scouts n'est-ce pas, je trouve que c'est un mot horrible mais je n'en vois pas d'autre)

ne sont pas plus importantes, nos enfants sont de vraies perles, ils ne nous causent aucun souci, ils ne se droguent pas, sont tous deux à l'université, n'ont jamais cabossé nos voitures, s'inquiètent beaucoup de nous, surtout Diogo, Bernardo a toujours été plus détaché ce qui ne veut pas dire qu'il n'est pas un ange, parfois je me demande si la complicité

(ce mot ne me plaît pas davantage, il sent le vol à main armée vous ne trouvez pas?)

l'absence de disputes, le caractère doux de Zé Tó ne sont pas plus importants, sa patience face à mes caprices, face à ce petit tempérament que j'ai hérité de mon père, face à mon désir d'être opérée des seins, de faire un lifting, de retrouver celle que j'ai été même si au moment de sourire j'ai la sensation que les coins de ma bouche vont se déchirer dans un crissement de tissu. Fort heureusement vous êtes d'accord avec moi, vous n'imaginez pas de quel poids vous me soulagez, fort heureusement vous aussi vous considérez l'amitié comme plus importante que l'amour, la camaraderie,

(revoilà ce mot quelle plaie)

les enfants, la complicité

(et celui-là encore)

l'absence de disputes, la douceur de Zé Tó, fort heureusement vous pensez que je ne dois pas me demander si je l'aime ou si je m'y suis habituée, fort heureusement vous m'avez invitée à dîner en tête à tête, seulement pour dîner avec vous, docteur, quelle excuse irais-je donner à Zé Tó, mais si vous voulez, nous pouvons à la place déjeuner vendredi dans un restaurant loin de votre cabinet et de chez moi, de préférence un endroit où l'on ne croisera aucune connaissance, car je crois bien que vous avez quelque chose de Robert de Niro, son sourire, son regard, dès que je suis entrée dans votre cabinet j'ai pensé

— Ce psychologue a quelque chose de Robert de Niro, je suis persuadée que nous allons bien nous entendre

et maintenant je suis prête à jurer que nous allons bien nous entendre, je suis prête à jurer qu'après ce déjeuner nous nous entendrons à merveille.

Le dernier roi de Portugal

— Mais peut-on savoir pourquoi tu ne veux pas d'enfants? demanda la femme assise sur le bord du lit en brossant ses cheveux, l'homme était debout le col de sa chemise remontée en train de nouer sa cravate lorsqu'il croisa son regard dans la glace
— J'ai toujours dit que je voulais un enfant mais pas maintenant.
Sa femme dans le miroir et sa femme hors du miroir lui semblaient différentes. Une seule était gauchère, mais toutes deux donnaient l'impression de le haïr et il trouva difficile de discuter avec deux créatures possédant une seule voix, une voix qui de loin en loin le poursuivait
— Et pourquoi pas maintenant?
l'homme ferma les yeux : il pensa que s'il fermait les yeux les femmes disparaîtraient comme leur voix. Mais il n'en fut rien : elles continuaient à brosser leurs cheveux assises sur le bord des lits, à brosser leurs cheveux dans un même mouvement lent, pensif, réitéré, interminable.

Mon Dieu, qu'est-ce que je donnerais pour ne pas être ici pensa l'homme qui rabattait son col et reculait légèrement afin d'apprécier le résultat, tâchant de gagner du temps pour trouver une excuse valable. Une excuse valable, une excuse valable. Rien ne lui vint à l'esprit

— Nous avons besoin d'un appartement plus grand et n'avons pas encore fini de payer celui-ci. Vivre dans trois pièces avec des enfants, tu n'y songes pas.

Il se retourna et sa femme redevint une : C'est bizarre mais j'ai peur d'elle, pensa l'homme. Une chemise de nuit, une tête blonde, une brosse le long des cheveux, le duvet doré de ses bras

— Tu viendras avec moi chez le chirurgien lorsque j'irai avorter?

interrogea sa femme comme si elle demandait s'ils sortaient dîner samedi

(ils sortaient toujours dîner le samedi)

ou s'ils iraient voir le film repéré dans le journal. Cette semaine-là ils avaient entouré trois films et deux pièces de théâtre : c'était elle qui choisissait et il était rare qu'il s'y opposât. La plupart du temps, pensa l'homme, ils tombaient d'accord. Jusqu'à aujourd'hui, jusqu'à ce que survienne cette chose entre eux, cette absurde imprudence qui les séparait. Et quel docteur, où, comment faire? Et s'il arrivait, sait-on jamais, quelque complication, quelque problème?

— J'irai avec toi chez le docteur
dit l'homme
je ne veux pas que tu rentres seule.

On lui a donné l'adresse d'une sage-femme à Campo de Ourique qui ne l'a pas laissé entrer. Il a attendu dans la voiture, en double file, en pensant Elle doit être furieuse, en pensant Je vais avoir des ennuis c'est sûr, en pensant D'ici un jour ou deux je lui offre un bouquet de fleurs, d'ici un mois ou deux elle aura oublié, il n'y a pas de raison qu'elle n'oublie pas, songeant à tous les malheurs que lui avait oubliés, la mort de sa mère, la mort de son frère, une ancienne petite amie qui l'avait abandonné pour un autre, le menant au bord du suicide. Au moment où sa femme est montée dans la voiture l'homme pensait C'est fou comme tout peut s'oublier. Il ne la trouva pas très pâle

— Alors ?

demanda-t-il. Sa femme ne dit rien. Elle avait une boîte de pilules dans la main, elle en avala une dès qu'elle fut rentrée, une deuxième une demi-heure plus tard puis se coucha, l'homme resta un moment dans le salon sans écouter de musique, sans regarder la télévision, sans lire. Quand il gagna leur chambre sa femme dormait et ne s'éveilla pas lorsqu'il s'étendit à ses côtés avant d'éteindre la lumière. Quand il sortit pour se rendre à son travail, elle dormait toujours. Il téléphona avant le déjeuner, il téléphona après le déjeuner, mais personne ne répondit, il s'inquiéta, il demanda au responsable s'il pouvait sortir plus tôt et rentra à trois heures vingt. Sa femme faisait ses valises

— Je vais passer une semaine chez mes parents et je reviens. Ne t'en fais pas pour moi, j'ai déjà appelé un taxi.

Il voulut l'aider à porter ses bagages mais elle refusa son aide. Ses valises cognaient contre les marches à mesure qu'elle descendait, elles cognaient bruyamment contre les marches mais rien n'avait changé dans l'appartement, sinon qu'il n'y avait plus personne dans le miroir

— Ce n'est que pour une semaine

se dit l'homme pour se rassurer, comme s'il y croyait

— D'ici une semaine je l'aurai à nouveau près de moi.

Tout dépend du bleu

Nous n'avons pas porté le deuil quand maman est morte. Nous l'avons fait incinérer comme elle le souhaitait, les employés des pompes funèbres nous ont donné une boîte contenant les cendres, nous sommes descendus de l'autobus puis nous avons gagné les bords du fleuve avec le frère Elias pour jeter les cendres à l'eau. Nous sommes descendus de l'autobus à Cais do Sodré, le frère Elias nous devançait portant la croix et nous le suivions avec notre mère en chantant les louanges du Seigneur. L'après-midi était belle, il y avait devant la gare une foule de personnes qui nous regardaient et un tram en panne dans la Rua do Alecrim bloquant la circulation, lorsque nous avons entrouvert la boîte afin que ma mère, qui adorait l'automne, respire ces arbres, cette lumière, ce soleil, nous n'avons vu que quelques petits morceaux de charbon gris et au milieu de ces charbons la dent en or de notre maman qui nous souriait avec cette inaltérable affection, cette inaltérable expression de bonté, une dent en or à laquelle il ne manquait que la parole, la question

— Qui a caché mes chaussons ?
la première question que ma mère posait à son réveil, d'abord parce que marcher pieds nus l'enrhumait et ensuite parce qu'elle croyait que nous cachions ses affaires, ce qui n'était vrai que dans une certaine mesure : nous adorions enfiler son bandage herniaire, nous adorions porter son sonotone car en le glissant dans notre oreille il transformait notre tête en planète des singes et notre mère s'avançait furieuse, nous traitant de tous les noms que le frère Elias réprouvait. Je crois qu'on ne nous a pas pardonné d'avoir incinéré par inadvertance ses chaussons, son bandage et son sonotone en même temps que maman, malheureusement quand nous y avons pensé elle était déjà en train de dorer dans le four et le responsable des pompes funèbres nous a expliqué qu'il était ennuyeux d'interrompre l'opération avec la moitié de maman déjà consumée. Nous avons tout de même essayé de remuer les cendres avec un tisonnier mais des chaussons, du bandage et du sonotone, il ne restait rien : ou bien les pompes funèbres les ont volés pour s'amuser comme nous l'avions fait, ou bien ils étaient cachés dans un charbon protégé par la dent en or qui souriait avec son inaltérable affection, cette joie que notre pauvre maman manifestait en ces matins où la goutte lui accordait quelque répit.

Ainsi au Cais do Sodré l'après-midi était belle, malgré les klaxons des embouteillages. Le frère Elias a gagné le bord du fleuve avec sa croix, nous l'avons rejoint avec la boîte et les gens qui nous regardaient, étonnés par la croix et par nos chants de louange au

Seigneur, sont venus au bord du fleuve avec leur journal et leur serviette de bureau en s'imaginant que nous allions offrir des scies ayant appartenu à saint Joseph ou des lettres inédites de l'Enfant Jésus au Père Noël. Une belle après-midi, une belle lumière, un beau soleil, un petit vent agréable, la dent en or parmi les charbons jouissant comme nous de la brise, frère Elias a confié sa croix à l'un de ces drogués surveillant les parkings qui a disparu alors en direction du Casal Ventoso de Baixo pour échanger la croix contre de la poudre puisque le Christ a toujours affirmé que nous étions poussière, frère Elias a soulevé le couvercle et a vidé maman dans le Tage. Par vider maman j'entends : ses cendres sont tombées dans l'eau

(peut-être celles du bandage et du sonotone qui étaient nos préférées)

et d'autres plus légères, notre mère a toujours été vaporeuse, ont voleté çà et là au lieu de tomber dans le fleuve, tant et si bien que nous courions après en soufflant pour les chasser vers les vagues jusqu'à ce qu'enfin elles se décident à prendre le chemin de l'embouchure, rejoignant la dent en or qui était la partie de notre mère qui commandait le reste.

Le frère Elias est passé chez nous après les funérailles. Nous habitons le quartier de Graça, un deuxième étage près de la caserne des pompiers d'où l'on voit toute la ville, le château, la cathédrale et les pigeons le soir à Santa Engrácia. Tout dépend du bleu du ciel. Bien entendu l'absence de maman a rendu tout cela très triste, sa place vide à table nous tient une drôle de compagnie, son lit intact, sa canne inoffensive désormais appuyée au mur, les flacons de médicaments sur la nappe que personne ne peut prendre et c'est dommage quand on pense à tous ces malades sans argent pour se soigner. Le frère Elias a suggéré que nous incinérions aussi les pilules par respect pour notre mère, nous en avons parlé aux pompes funèbres qui en ont parlé au crématorium et en principe lundi prochain nous jetterons les cendres de ses gouttes pour le cœur dans le Tage. J'espère seulement que nous n'aurons pas à courir derrière elles, en soufflant pour les pousser vers les vagues. Mais il ne devrait pas y avoir de danger qu'elles volettent de-ci de-là car toutes les fois que ma mère les avalait elle se tenait le ventre se plaignant d'un poids sur l'estomac.

Nostalgies d'Ireneia

As-tu encore les cheveux blonds Ireneia ? Habites-tu encore la rue de l'école ? Portes-tu encore cette petite jupe verte très courte et ces patins blancs, tournes-tu encore en rond et en rond et en rond sur la patinoire de l'Académico, les bras levés au-dessus de ta tête, sans un regard pour moi, sans un regard pour personne ? Salues-tu encore quand la musique s'arrête même s'il n'y a personne pour applaudir ?

Je me souviens de toi dans la rue de l'école avec tes patins sur le dos et je m'étonnais de te voir marcher comme tout le monde, de marcher comme moi car il m'était difficile de t'imaginer en dehors de la patinoire, tournoyant en rond et en rond et en rond les bras levés au-dessus de ta tête, car il m'était difficile d'imaginer que tu avais une vie comme la nôtre, travail, maison, dîners, maux de dents, grippe, factures de gaz, il m'était difficile de t'imaginer au milieu de robinets qui fermaient mal, de plafonds qui gouttaient l'hiver, de disputes, de boutons, de points noirs, de chiens que nous oubliions de sortir jusqu'aux arbres et qui se soulageaient sur le tapis.

Portes-tu encore cette petite jupe verte, Ireneia, gardes-tu encore ce petit air sérieux quand la musique s'arrête, avant de faire ton salut sans un regard pour personne?

Ton père était employé à la Carris, il a poinçonné mes billets des centaines de fois, il s'appelait monsieur Geraldo et il était chauve, ta mère a cessé les ventes sur le marché à cause de ses artères et je l'entends encore se plaindre à ma tante

— Les artères c'est mon point faible dona Lucia

et je trouvais étrange, je trouvais impossible que tu sois née d'eux et que tu habites dans un sous-sol de la rue de l'école, un deux pièces aux fenêtres rasant le trottoir, où une petite chienne affublée d'un tricot de laine aboyait sans relâche, je trouvais étrange que tu vives avec monsieur Geraldo et la dame aux artères

— Y a pas moyen, le médecin ne trouve pas les bons comprimés dona Lucia

qui poussait son corps avec sa canne et se lamentait que monsieur Geraldo devienne violent avec la bière

— Il a même donné un coup de pied à notre petite fille, dona Lucia, qui a passé son après-midi à pleurnicher

je trouvais cela tellement étrange, tellement impossible que pour moi tu n'existais pas rue de l'école, Ireneia, tu n'existais qu'à la patinoire de l'Académico où tu tournais en rond et en rond et en rond avec cette petite jupe verte très courte et tes patins blancs, libérée des artères, des chiennes et des bières, saluant les applaudissements d'un public absent, tu existais au-dessus de nous dans ta solitude, éthérée, inaccessible, différente, affranchie de nos soucis et de notre manque d'argent, tu voguais les cheveux attachés par un ruban

tes cheveux blonds Ireneia

dans un quartier où il n'existait pas de prêteurs sur gage ni de rues en travaux ni de chômeurs jouant des parties de sueca assis sur les briques d'un chantier interminable que les ouvriers abandonnaient en cours de route en laissant poussière, sacs et échafaudages barrer le chemin de l'église, ce qui nous obligeait à un détour par le campement des gitans ou par le terrain vague du cirque qui se réduisait à un clown et à son lion teigneux attendant à l'entrée d'une roulotte un public improbable.

Qu'es-tu devenue Ireneia ? On raconte que tu as grossi mais je n'y crois pas, que monsieur Geraldo est mort, que ta mère est morte, que tu habites le sous-sol de la rue de l'école avec un employé du téléphone, que tu souffres toi aussi des artères, que jamais plus tu n'as patiné à l'Académico, mais je n'y crois pas. Demain après-midi j'irai te voir à la patinoire car je suis sûr que même après trente ans tu as encore les cheveux blonds Ireneia, que tu porteras encore ta petite jupe verte très courte, que tu tournoieras encore en rond et en rond et en rond les bras levés au-dessus de ta tête, et quand la musique s'arrêtera et que tu salueras sans un regard pour personne, si jamais tu aperçois quelqu'un sur les gradins en train d'applaudir, ce sera moi. Je n'ai guère changé, j'ai certes un peu vieilli mais je reste le même. Ce garçon bègue avec une petite entaille à la lèvre, qui n'a jamais eu le courage de te sourire, qui n'a jamais eu le courage de te dire bonjour. Le neveu de dona Lucia, qui assurait que je n'irais jamais bien loin à cause de mon pied bot et de ce défaut d'élocution. Effectivement je ne suis pas allé loin mais je continue à me rendre à la patinoire tous les dimanches dans l'espoir de te voir tournoyer en rond et en rond et en rond et de me sentir heureux. J'aimerais que tu apparaisses un jour Ireneia : il est parfois un peu triste d'applaudir une patinoire vide.

La troisième guerre mondiale

Les problèmes ont commencé quand nous avons acheté le pavillon de Rebelva. Tu voulais mettre sur la façade un carreau d'azulejo disant Villa Natércia, qui est ton nom et moi un autre disant Villa Lopes, qui est le mien. Tu as déclaré
— Si ce n'est pas Natércia tu ne m'y verras pas
j'ai déclaré
— Si ce n'est pas Lopes je ne paierai pas le crédit
et pour montrer ma fermeté cette nuit-là, j'ai dormi sur le canapé du salon et me suis réveillé avec un torticolis tandis que toi tu as dormi sur ton oreiller et sur notre matelas pour te réveiller fraîche comme une rose. Le cou de travers comme un perroquet, je suis arrivé à Rebelva avec l'azulejo de la Villa Lopes au moment où le maçon posait l'azulejo Villa Natércia à côté de l'entrée tandis que tu ordonnais
— Un poil plus haut monsieur Fernando
la tête de travers et me tenant le menton dans la main, j'ai tendu le Lopes
— Remplacez-moi cette saleté rose par ceci monsieur Fernando

le maçon nous regardant tout à tour, indécis, sa truelle en suspens, s'est risqué à suggérer

— Et si je mettais Natércia et Lopes côte à côte ça pourrait être joli ?

et les problèmes ont commencé avec ce maudit pavillon. Jusque-là tout allait plutôt bien : une dispute de temps en temps à cause de ton ivrogne de frère qui rappliquait le dimanche à l'heure du dîner pour s'asseoir dans mon fauteuil avec un soupir de plaisir

— Aujourd'hui je mange avec vous

empestant la bière, il m'appliquait une tape sur le genou

— Sacré Lopes

et avalait en un éclair, sans vergogne, les quatre cinquièmes du pot-au-feu, me laissant en héritage une petite pomme de terre oubliée et une larme de sauce. Mais hormis ton frère tout allait plutôt bien, surtout depuis qu'il avait été envoyé à São José pour une cirrhose, il ne m'appelait plus

— Sacré Lopes

et je pouvais tranquillement saucer le plat : j'avais de nouveau mon fauteuil tout à moi, il n'y avait plus de relents de bière qui planaient, on a acheté le pavillon de Rebelva pour une bouchée de pain, cinq pièces et un palmier dans le jardin sans parler de l'entrée du plus pur style étrusque, de la cheminée à la mode algarvienne dont le foyer fumait plus à l'intérieur qu'à l'extérieur, mais qui n'irait pas si mal avec des bûches électriques si ça pouvait empêcher la suie de noircir les murs. Nous sommes tombés d'accord pour jucher des nains sur les piliers du portail, et nous allions commencer le déménagement quand a surgi la question du nom, obligeant le maçon à poser et arracher des azulejos, les tiens roses et les miens vert laitue, ce qui à deux mille escudos de l'heure nous a laissés sans argent pour l'achat d'un mobilier neuf et d'un bassin à poissons qu'on aurait installé sous le palmier, ce qui à deux mille escudos de l'heure a même fini par nous empêcher de racheter de nouveaux azulejos. Il ne reste sur la façade que le mot Villa suivi des noms Natércia et Lopes, roses et vert laitue, écrits à la bombe par toi et par moi le long du mur tout autour de la maison, il ne reste désormais qu'un pavillon désert, royaume des cafards et des toiles d'araignée tandis que nous croupissons dans cet appartement de São Domingos de Rana à nous regarder en silence, chacun sa bombe à la main, toi dans le lit fraîche comme une rose et moi sur le canapé le cou tordu comme un perroquet, chacun souhaitant la mort de l'autre avec une rage féroce. Quand nous aurons fini de payer le crédit, dans vingt ans, le palmier sera peut-être toujours là, intact, parmi les ruines de briques, et ce qui restera de nous sera peut-être en mesure de plaquer sur le tronc un carreau d'azulejo Villa Natércia/Villa Lopes triomphal, avant de s'affaisser sur une chaise bancale sous l'auvent délabré.

Tu m'apprends à voler ?

Je ne sais pas ce que serait ma vie sans ma collection de papillons. Surtout en hiver, vous comprenez, les jours sont plus courts, la pluie, la tristesse des arbres, le papier peint dont la couleur déteint au fond de ma mère, au fond de moi, l'appartement soudain exigu, l'envie de quelque chose d'inaccessible, surtout les dimanches d'hiver lorsque nous allumons la lumière à quatre heures de l'après-midi et que j'ai envie de mourir. Bien sûr non pas mourir de maladie ou autre accident, mais simplement cesser d'exister

et hop

comme une ampoule qui grille, disparaître complètement, sans laisser de trace, n'être jamais né, quitter un corps encombrant pourvu de trop de bras, de trop de jambes et de trop de dents douloureuses

(à ce propos il faut que je prenne sans faute un rendez-vous pour la semaine prochaine)

un corps transi de froid malgré deux pulls et mes genoux blottis contre le calorifère, mes cheveux qui commencent à se faire rares au sommet de mon crâne malgré les traitements conseillés dans les journaux que j'achète à la pharmacie, des ampoules hors de prix qui n'arrangent rien, cesser d'exister

et hop

comme une ampoule qui grille sans que ma pauvre mère s'en aperçoive, ma mère qui est rentrée à la maison après le décès de mon parrain avec une collection de papillons

— Ton oncle Fernando t'a laissé ça

cinq boîtes vitrées contenant des bêtes aux ailes ouvertes épinglées sur du carton, avec dessous leur nom en latin, des insectes multicolores, bleus, jaunes, rouges, verts, parsemés de points et de striures, de cercles et de petites taches symétriques qui faisaient horreur à ma mère mais que je trouvais beaux. Si bien qu'en hiver, quand j'ai envie de mourir, je vais chercher la collection de papillons dans l'armoire de ma chambre, je pose les boîtes les unes à côté des autres sur la table du salon et je reste des heures penché sur ces insectes, indifférent à la pluie et à la tristesse des arbres. Ma mère tout à son crochet maugrée en comptant des mailles avec son ongle

— J'aimerais bien savoir quel plaisir tu prends à ça

mais comme elle déteste que je sorte, de peur que je me retrouve en mauvaise compagnie et que j'attrape les maladies des femmes, elle préfère se taire plutôt que de me voir ranger les boîtes et descendre les escaliers

(nous habitons au troisième étage)

pour me rendre à l'académie de billard sur l'avenue, pleine d'hommes au petit doigt augmenté d'un ongle démesuré et de dames qui fument

(selon ma mère une dame qui fume ne peut être honnête)

avant de revenir dans le salon avec une jeune mariée qui lui chaparderait ses bijoux, déciderait des repas et la placerait dans un foyer. Il y a peu de bijoux : mon père n'était pas riche, personne dans notre famille n'était riche, et tout ce qu'elle possède, mis à part son alliance, c'est une bague incrustée d'une petite pierre non seulement minuscule mais fausse très certainement et un collier de perles dont on voit vite qu'elles sont aussi parfaites que de fausses dents. Ma collection de papillons nous contraint à rester tous les deux dans cet appartement, moi parce que je n'ai plus l'occasion de trouver une fiancée pour me marier et ma mère car elle est sûre que de moi-même je ne la placerai jamais dans un foyer pour vieux au sous-sol d'un immeuble

(ma mère s'imagine que les vieux sont toujours placés dans des sous-sols pleins de punaises où ils meurent de faim)

elle a raison d'ailleurs, elle sait que je l'aime et nous nous entendons bien. Il est rare que nous nous fâchions, il est rare que nous nous disputions, je ne me plains pas de sa cuisine et il n'y a pas de poussière dans les coins, et si je n'avais pas tant envie de mourir quand vient l'hiver je serais heureux. Du reste je ne peux pas dire que je sois spécialement malheureux : grâce à Dieu j'ai toujours été en bonne santé

(à part ma calvitie précoce, quelle plaie)

mon travail me rapporte peu mais pour la vie que nous menons, en comptant la pension de mon père et si l'on fait attention à la lumière, ça suffit amplement, l'appartement nous appartient, au printemps prochain nous transformerons le balcon de la cuisine pour en faire une belle véranda qui servira de buanderie

(j'aime l'odeur du linge, cette odeur de chaude humidité libérée par le fer à repasser)

mais dès que le papier peint commence à déteindre au fond de moi je me précipite dans ma chambre pour en rapporter la collection de papillons de mon oncle Fernando, le frère de ma mère qui est mort d'une rupture d'anévrisme il y aura trois ans en janvier. Il était célibataire comme moi mais vivait seul et de temps en temps le samedi, comme nous habitons près du terrain de foot, il venait avant les matchs déjeuner avec nous. À la fin du déjeuner, pendant que ma mère lui servait le café, il me demandait avec un sourire que je n'ai jamais compris

— Tu m'apprends à voler ?

et moi prenant un air idiot je le trouvais un peu fou, ma mère se méfiait

(ma mère se méfie de tout)

— Qu'est-ce que c'est que cette histoire Fernando ?

mon oncle Fernando, d'un air convaincu, ses petites lèvres allongées tel un bec pour ne pas se brûler et sa main plaquée contre sa poitrine pour ne pas salir sa cravate

(ma mère dit que les taches de café sont un calvaire)

— Tous les enfants savent voler Madalena

alors je m'accrochais aux meubles de peur de voler malgré moi à travers le couloir. Je crois que c'est son désir de s'envoler qui a poussé mon oncle Fernando

(mon oncle Fernando travaillait dans un bureau de change)

à commencer sa collection de papillons sans rien dire à personne. Peut-être que pour lui aussi l'hiver était difficile

(les jours sont plus courts, la pluie, l'envie de quelque chose d'inaccessible)

peut-être que les dimanches où il n'y avait pas de match, lui aussi avait envie de mourir. Il habitait deux pièces très sombres garnies de meubles rappelant des cercueils et il mangeait seul devant son journal, c'est-à-dire avec son journal coincé entre son assiette et la carafe d'eau

(le médecin lui défendait le vin mauvais pour ses artères)

et ça ne m'étonne pas qu'il ait eu envie de mourir. Parfois je pense que tous les gens

(même ceux qui collectionnent des papillons)

ont envie de mourir et que si on nous apprenait à voler nous partirions illico vers n'importe quel autre pays, un de ces pays sans dimanches d'hiver

(il doit certainement exister des pays sans dimanches d'hiver)

où il n'est pas nécessaire de faire du crochet tout l'après-midi ni de contempler des boîtes d'insectes pour être heureux.

Le Brésil

Ça m'a toujours étonné que Pedro Alvares Cabral ait dû mettre plusieurs mois pour traverser l'Atlantique avant d'atteindre le Brésil, étant donné que ce pays se trouvait à une demi-heure de voiture de la maison de mon grand-père. Chaque Noël, sans avoir besoin de Caravelle, je me rendais avec lui au Brésil, une contrée dont les frontières étaient la Rua Alexandre Herculano et la Rua Barata Salgueiro, et dont le relief était constitué de petits palais et d'obscurs appartements où de très vieilles tantes

(tante Mimi, tante Biluca, tante J'ai-oublié-son-nom)

demeuraient au fond d'interminables couloirs parmi des scintillements d'argenterie, des boîtes de biscuits et des objets sans ombre dont les personnes âgées s'entourent. Hormis les tantes, le Brésil était peuplé de grosses servantes qui me regardaient avec une stupeur extasiée

— Comme il a grandi

et me remplissaient les poches de bonbons aux œufs pendant que glissaient derrière les rideaux les ombres muettes de navires parés de châles et de soies violettes, des baignoires à pattes de lion rouillées par les rhumatismes, des chauffe-eau préhistoriques secoués de sanglots gazeux comme de vieux bébés, un cousin malade gémissant sur son lit, mes tantes qui avançaient vers moi par saccades comme les figurines d'une boîte à musique pour m'offrir en tremblant des boîtes de gâteaux à la noix de coco. Il y avait une photo d'elles et de mon arrière-grand-mère sur une commode, quatre matrones aux longs cils posant à Belém do Pará, avec un cœur en or et un imposant derrière

(les deux qualités féminines les plus appréciées par les hommes du siècle passé qui s'empressaient de les épouser jusqu'à ce que ce derrière les tue et que leur cœur en or se couvre pour toujours

c'était un autre temps

du crêpe de veuve)

une photo où je ne retrouvais aucun parent au milieu de ces dames généreuses et brunes, faites au tour, et de ces autres appuyées à leur canne, embaumées de leur pâleur parfumée, qui gratifiaient mon grand-père

(un homme considérable à mes yeux tant par son volume que par son grand âge)

du sourire attendri qu'on réserve aux enfants et auquel mon grand-père répondait du fond du puits de l'enfance retrouvée, persuadé d'être toujours avec elles dans leur plantation de caoutchouc sur les bords de l'Amazone. Noël était le seul moment de l'année où je soupçonnais vaguement que le monde n'avait pas commencé à ma naissance, ce qui faisait de moi une sorte d'apatride sans accent ni vrai territoire, flottant entre des arbres à caoutchouc mythique et des acacias tangibles, une moitié de moi-même dans chaque continent sans qu'aucun d'eux m'appartienne, de la même façon que je planais entre les petits palais et les appartements obscurs freiné dans mon envol à travers la Rua Barata Salgueiro par le lest des bonbons aux œufs préparés par les cuisinières extasiées

— Si grand et si bien élevé

fières de mon mètre douze de timidité silencieuse. Puis peu à peu le Brésil a disparu : les tantes se sont évanouies l'une après l'autre dans les allées du cimetière des Plaisirs, leur maison a été vendue, les pianos se sont tus, laissant d'abord l'impression d'un vide, et finalement du vide, les bonbons aux œufs ont cessé de distraire les dentistes, il n'y a plus jamais eu de grosses servantes pour me trouver

— Si grand

et

— Si bien élevé

et le Brésil a sombré à jamais dans les abîmes du temps avec ses chauffe-eau, ses baignoires, ses châles de soie et ses boîtes de gâteaux à la noix de coco. Je continue à le chercher dans la Rua Alexandre Herculano et dans la Barata Salgueiro car il me paraît impossible qu'on ait remplacé un pays entier par des agences de voyages, des hôtels et des succursales de banque. Et pourtant c'est la vérité : le Brésil c'est fini. Cependant il subsiste encore là-bas, dans quelque recoin de ma mémoire, avec ses tableaux, ses meubles, ses services en cristal et surtout ses miroirs

LE BRÉSIL

(Je n'oublierai jamais ces miroirs)
des douzaines de miroirs qui se reflétaient les uns dans les autres, qui se regardaient les uns les autres, placés les uns devant les autres et m'observant en silence au fond de leur cadre ouvragé. Plus que tout le reste et plus que la disparition d'un pays, une chose encore m'intrigue : lorsqu'un miroir se contemple dans un miroir, que diable voit-il ?

La foire populaire

Hier, samedi, foire populaire. Pas une seule place pour garer ma voiture et pourtant tous les cinq mètres des types me proposaient en gesticulant des solutions impossibles : la laisser quasiment à la verticale sur un talus, l'amarrer à un tas de pierres, occuper un passage clouté sous les yeux de policiers prêts à sortir leur petit bloc de contraventions

(le type qui gesticulait s'approchant de moi avec un chuchotement apaisant

— Allez-y, garez votre Rolls, ici, l'ami, coincez n'importe quel bout de papier sous l'essuie-glace, les flics croiront qu'ils vous ont déjà mis une amende et vous ficheront la paix)

de sorte que je me décidai à laisser ma Rolls, une vieille Golf cabossée et sale, dans une ruelle encombrée de matériaux de construction et de camionnettes abandonnées. J'échange quelques mots avec Cláudia, qui a cinq ans et qui traîne par ici en jouant dans les poubelles, elle doit habiter dans un taudis en planches où un chien invisible aboie désespérément et jamais elle n'est entrée dans le parc de la foire populaire. Mais elle voit les lumières et entend la musique sans payer tandis qu'elle fabrique une poupée avec des petits bâtons et des bouts de fil de fer. Cláudia n'est jamais entrée à la foire populaire et par conséquent elle n'est jamais entrée dans le restaurant Oh Hipólito où l'odeur de poulet rôti s'accroche aux cheveux, aux vêtements, à la peau. Mes filles et moi trouvons une table dans un coin près d'un groupe d'étudiants en cape et soutane malgré la chaleur, tapissées d'emblèmes, qui braillent des chansons durant tout le repas. Quand ils ne braillent pas ils beuglent C'est la lutte finale, ils se jettent des boulettes de pain à la figure. Outre ces étudiants que personne ne fusille à mon grand étonnement, des essaims de Cláudia adolescentes, les doigts chargés de bagues de pacotille, embrassent leurs petits copains à queue de cheval dans une ardeur gluante de frite et de graisse de poulet. Pas un Roméo sans tatouage ni boucle d'oreille, pas un qui ne réponde à la tendresse de sa Cláudia respective par des coups de coude et des heurts voluptueux, qu'elles récompensent par un redoublement de papouilles luisantes de margarine. Un aveugle joue de l'accordéon avec des doigts fébriles de dactylo et les serveurs poisseux sortent tout droit du Tage à en juger par leurs cheveux trempés et leur hébétude de naufragés.

Sorti du restaurant Oh Hipólito, et au bout d'une allée d'autres Oh Hipólito identiques, commencent les manèges, les trains fantômes, les poupées diseuses de bonne aventure, les kiosques de barbe à papa et les instruments de torture collective où l'on reste deux minutes la tête en bas secoué par une fièvre mécanique sur de petits sièges. Avant d'embarquer, les candidats au supplice adressent aux familles demeurées au sol des adieux émus d'émigrants, et reviennent du voyage galopant de joie, ravis de leur effroi, tout heureux de vomir leur poulet rôti.

Nous avançons en jouant des coudes de supplice en supplice, prenant garde de ne pas heurter les poussettes que conduisent des mères en chaussons au milieu du bruit et de la fumée des fritures, tandis que les bébés hurlent de peur : quand ils seront grands ils gareront des voitures dans les environs de la foire ou dans le meilleur des cas ils porteront des tatouages et des queues de cheval et se taperont dessus avec leur petite amie pour se parler. Les privilégiés porteront cape et soutane, fatigueront tout le monde avec leur besoin de montrer qu'ils sont étudiants, mais le clou de la foire, selon moi, c'est l'estrade dressée devant des rangées de chaises peuplées de centaines d'amateurs extasiés dans un vacarme de haut-parleurs. Un monsieur à lunettes et en pantalon blanc vient annoncer les candidats nominés, José et Ana Malhoa

(avant il y avait eu un quidam moins chevronné qui, après avoir entonné quelques airs devant une assistance indifférente, avait quitté l'estrade sans applaudissements ni gloire pour aller noyer sa peine dans le marécage d'une ginjinha au fin fond d'une buvette qui avait vocation

j'adore le mot vocation

au délirium tremens)

les haut-parleurs expirèrent un glorieux solo de batterie et la nominée Ana Malhoa a surgi en faisant des bonds, en soutien-gorge et petit pantalon bleu électrique, elle a bondi vingt minutes en rivalisant avec le tintamarre des manèges et les cris de porcelet des bébés qui faisaient leur apprentissage de Cláudia en fleur. Je n'ai pas eu le temps de voir le non moins nominé José Malhoa qui devait se produire durant la seconde partie du spectacle et ça m'a fait de la peine car si la voix de la fille, sans l'aide de personne, atteignait Damaia, les deux ensembles devaient atteindre au moins Mem Martins, le tout bondissant, mais j'ai aimé cette nominée bleu électrique et surtout le sujet nominé de sa chanson à propos d'un garçon en jean déchiré pour qui la nominée Ana Malhoa nourrissait

(encore un mot que j'adore)

une affection sincère, manifestée par un redoublement de bonds et de grimaces tout aussi nominés. Quand je suis sorti de la foire ma Golf était toujours dans la ruelle encombrée de matériaux de construction et tandis que je m'en approchais une bande de ces types qui garent les voitures me suivait dans l'ombre pour me demander

— Vous n'auriez pas une petite pièce l'ami vous n'auriez pas une petite pièce ?

ils ont fini par se perdre derrière moi comme des mouettes dans le brouillard. Cette soirée m'a laissé un tel souvenir qu'aujourd'hui, à mon réveil, je me suis pris sous la douche à chanter l'histoire du garçon au jean déchiré. Quand je suis sorti du bain, j'ai eu par moments la certitude que la nominée Ana Malhoa se trouvait là en soutien-gorge et petit pantalon bleu sautillant au beau milieu des meubles, prête à me manifester son affection sincère dans un redoublement de cris qui sentaient la rôtisserie et la friture de beignet.

Au fond de la souffrance une fenêtre ouverte

Lorsque j'avais treize, quatorze, quinze ans et que je lisais tous les livres qui me tombaient sous la main, les livres de mes parents, les livres que je volais et les livres que je pouvais acheter, je revenais, je ne sais pourquoi, comme la langue recherche sans relâche la dent manquante, à ces vers français que j'avais copiés sur un cahier

il y a toujours au fond de la souffrance une fenêtre ouverte, une fenêtre éclairée

puis je fermais le cahier et j'allais fumer en cachette sous le citronnier du jardin. Lorsque j'avais treize, quatorze, quinze ans, je lisais les livres qui me tombaient sous la main et comme chez mes parents il y avait une chose essentielle et simple qu'on nomme le bon goût, je ne saurais rendre à certains niais les courbettes qui accompagnent leurs compliments car la jalousie n'est pas mon fort, surtout la jalousie envers ce que je veux ignorer. Je lisais les livres que je volais à mes grands-parents et à mes oncles et ceux que je pouvais acheter, je revenais à mon cahier il y a toujours au fond de la souffrance une fenêtre ouverte, une fenêtre éclairée

je m'asseyais sur les marches de pierre puis promenais mon regard sur le figuier, le puits scellé par ma mère pour que ses enfants ne tombent pas dedans et la fenêtre de monsieur Florindo, cordonnier de son état, en récitant ces vers sans les comprendre, ignorant ce que le mot souffrance signifiait, de la même façon que plus tard, à l'hôpital, je voyais les moribonds contempler avec effroi leurs propres mains, jusqu'à ce que je perde le cahier et oublie le poème. Ou plutôt : je croyais l'avoir oublié, jusqu'à ce qu'il me revienne en Angola, dans les Terres de Fin du Monde, à dix mille kilomètres de Lisbonne et treize mille de Moscou

(comme l'annonçait une pancarte accrochée aux barbelés)

au milieu de la mort, de la désolation, de la misère et de cette erreur monumentale dont Ernesto Melo Antunes m'avait parlé dans une lettre que la censure militaire n'a pas ouverte. Il m'est revenu en Angola, dans les Terres de Fin du Monde, à la tombée du soir, j'étais dans ma chambre

(on appelait cela notre chambre)

quand, soudain, une voix de vendeur de journaux lisboète s'est mise à crier les titres des journaux du soir et le bourbier de fusils et de caisses où je vivais s'est transformé en une rue de la Baixa. La voix annonçait les journaux du soir, annonçait l'*Eva*

— Demandez l'*Eva do Natal* Demandez

tout comme ces vendeurs lors de la procession de la Fête-Dieu annonçaient

— Le verre et la bougie dix centavos le verre et la bougie dix centavos

la procession de la Fête-Dieu à laquelle j'avais participé en tant qu'enfant de chœur, entouré d'angelots aux ailes moisies et de petites vieilles en larmes. Soudain, au milieu de la nuit, les journaux de Lisbonne, l'*Eva*

— Demandez l'*Eva do Natal* Demandez

soudain, couvrant le bruit du groupe électrogène fonctionnant au gasoil, les vendeurs de la procession de la Fête-Dieu

— Le verre et la bougie dix centavos le verre et la bougie dix centavos

soudain ma ville sur ce sable de fin du monde, en Angola, je suis allé voir à la porte de ma chambre

(qui n'était qu'une tente, je l'appelais ma chambre pour me persuader que j'en avais une)

et adosser au mât sans drapeau, un petit soldat seul, ses doigts devant la bouche

(il y a toujours au fond de la souffrance une fenêtre ouverte, une fenêtre éclairée)

qui criait notre ville à nous deux aux sentinelles ébahies. Au cours des périodes les plus difficiles en Afrique, où tout s'embrouillait au fond de soi, la douleur dépassant les larmes, après les mines, les embuscades, les garçons aux jambes arrachées, les caisses de nourriture larguées par des avions qui ne pouvaient pas atterrir et que nous disputions aux chiens, je faisais venir le petit soldat derrière la soute, derrière ce qui restait des colonnes de la maison du chef de poste

(Lisbonne dix mille kilomètres Moscou treize mille)

je lui demandais

— Les journaux gamin

il plaçait ses doigts devant la bouche, commençait à crier, et une demi-heure plus tard nous nous retrouvions tous deux apaisés, car

il y a toujours au fond de la souffrance une fenêtre ouverte, une fenêtre éclairée

je revoyais la maison de mes parents, le citronnier, le puits, les marches de pierre, l'ombre de l'acacia, la photo de ma mère encore jeune avec son collier de perles, ces grains qui renferment le fond de la mer dans leur pâle sourire, on coupait le groupe électrogène, je disais au petit soldat

— Ça suffit

je traversais un pan de nuit et j'entrais dans le salon

(on appelait salon un amas de briques et de foin sec)

où les sous-lieutenants jouaient aux cartes sur un tonneau servant de table, je m'allongeais sur un autre tonneau servant de fauteuil et il n'y avait plus de guerre, plus de blessés, plus de coups de feu, seulement un enfant de chœur qui descendait vers la cathédrale un bénitier d'eau sainte à la main, entouré d'angelots aux ailes moisies et de petites vieilles en larmes.

Du veuvage

Comme il était un modèle de discrétion, mon mari est mort sans ennuyer personne. Il n'a pas été nécessaire d'appeler le médecin car il n'était pas malade : au milieu du repas, il a suspendu sereinement ses couverts au-dessus des filets de poisson au riz, il m'a regardée avec sa tendresse coutumière, il m'a pris la main, m'a dit
— Alice
ce qui m'a un peu surprise car je m'appelle Felicidade, il m'a souri, a perdu son sourire, puis s'est affalé le menton dans la corbeille à pain et il était déjà mort quand il a touché les petits pains ronds de la veille car je n'avais pas eu le temps de faire les courses, ce jour-là étant jour de ménage. Il n'y eut pas de dépenses pour le docteur ou les médicaments, les filets ont regagné le congélateur, quant aux petits pains je les ai fait griller, j'ai mis dessus un peu de confiture de framboise et je les ai mangés avec du thé le soir de la veillée funèbre. Vu l'état de faiblesse dans lequel je me trouvais, ils m'ont fait du bien.

Je n'ai pas eu besoin d'appeler le médecin, l'employé des pompes funèbres n'a pas peiné pour ôter le pyjama du défunt et lui mettre à la place son costume brun car mon mari, qui n'a jamais été un homme rigide, pliait ses bras et ses jambes avec une docilité exemplaire et à quatre heures de l'après-midi il était déjà installé dans la chapelle ardente B-2 de l'église dos Anjos, chaussures cirées et cheveux coiffés, très digne, avec une croix entre les mains, pendant que ma sœur Alice et moi, assises sur des chaises en velours rouge, nous échangions les dernières nouvelles car avec la vie que nous menons, débordées de travail et de tracas, nous n'avons même pas le temps de nous téléphoner et nous ne nous voyons qu'une fois tous les dix ans. Elle m'a trouvé bonne mine, je l'ai complimentée sur son foulard, mon mari écoutait sans rien dire

(et il nous a toujours écoutées sans rien dire comme s'il n'avait pas été là)

et pour la première fois depuis que je le connais il n'a pas cherché à reluquer les jambes d'Alice pensant que je ne le remarquais pas, pas plus qu'il n'a tenté de passer une main coquine sur sa fesse quand je lui ai tourné le dos pour saluer la veuve de la chapelle ardente B-3 dont le défunt mari n'a consenti au cercueil qu'après des mois et des mois de folles dépenses dans une clinique particulière, sérum, radiographies et sondes, une de ces personnes dépensières incapable de comprendre que l'heure de sa mort a sonné et qui se fiche de laisser sur la paille ceux qui restent, plus un sou pour une excursion de dame seule en Espagne même par l'autocar, où l'on raconte qu'il y a des hommes jeunes et généreux avec un sens développé de la solidarité, qui vous consolent pour une poignée de pesetas dans des discothèques ou autres lieux de culte que je découvrirais volontiers à l'occasion.

Hormis ma sœur et moi personne d'autre n'est venu : je n'ai pas de beaux-frères ni de cousins, mon mari n'a jamais été sociable et il se contentait de sortir deux heures le soir pour une promenade solitaire dans la Baixa un sachet de maïs au fond de la poche destiné aux pigeons de la place Camões, de sorte que ma sœur et moi, la conversation épuisée, sommes restées muettes devant le cercueil, jusqu'à ce que me revienne en mémoire l'instant de sa mort au-dessus des filets, j'ai annoncé à ma sœur

— Sais-tu qu'il a crié Alice au moment de s'effondrer sur les petits pains?

elle a rougi comme une tomate en s'agrippant à son foulard de soie, un foulard très chic à ramages que j'aimerais bien avoir aussi

— Alice?

moi

— Alice, va savoir pourquoi

ma sœur s'est levée avec une drôle de tête

— Attends-moi une minute je sors prendre l'air

il y a trois mois de ça et je ne l'avais jamais revue en chair et en os, lorsque hier je suis tombée dessus en ouvrant par hasard le tiroir du secrétaire de mon mari où je cherchais un coupe-ongles, et c'est là que j'ai découvert une enveloppe de photos d'eux enlacés, mon mari avec son sachet de graines à pigeon dans la main et ma sœur avec son foulard de soie autour du cou, souriant devant la statue de Camões. Peut-être n'étaient-ils qu'amis. Sans doute n'étaient-ils qu'amis et les lettres qui accompagnaient les photos, l'une d'elles le remerciait pour le foulard et lui promettait Je ne serai vêtue que de ce foulard quand tu viendras à la maison mon lion adoré et une autre finissait par Ton Alice qui te dévore, ces lettres donc n'étaient rien de plus qu'une plaisanterie entre belle-sœur et beau-frère, malgré son attirance pour ses jambes et cette main coquine sur sa fesse. Ma sœur est une fille chaleureuse

(à vingt-six ans tout le monde est chaleureux)

et sans malice, et mon mari un homme comme il faut. C'est sans doute pour cette raison que je me sentirai légèrement coupable quand l'été prochain je prendrai l'autocar pour l'Espagne en compagnie de dames seules, et que j'entrerai dans une discothèque où un beau jeune homme me demandera au creux de l'oreille, dans un crépitement de baisers, que je lui prête quelques pesetas pour régler la note parce qu'il aura oublié son porte-monnaie chez ses parents.

Aujourd'hui je voudrais parler
de mes parents

C'était étrange d'être le fils aîné de parents qui étaient eux-mêmes aînés dans leur propre famille, car du même coup j'avais des grands-pères jeunes et des oncles presque enfants. Ma mère était une jolie fille de vingt et quelques années

(je ne tiens pas de ma mère)

mais elle en paraissait dix-huit, les inconnus nous prenaient pour des frères et sœurs et je me rappelle que mon père lors de son trente-troisième anniversaire, hormis le fait qu'il était très laid

(je tiens de mon père)

me semblait vieux comme Mathusalem. Le Mathusalem occupait son bureau parmi pipes et livres et la belle jeune fille occupait comme toutes les femmes

(c'est inéluctable)

le reste de la maison. Mon père avait les cheveux noirs mais non ma mère. Mon père avait les yeux bleus

(tout bien considéré peut-être n'était-il pas si laid)

et ma mère verts. Mon père dormait du côté du réveil et ma mère du côté du bébé car durant des

années il y eut toujours un bébé qui braillait. L'origine de ces bébés demeurait un mystère pour moi
 (soit dit entre nous, fort heureusement, je crois que c'est toujours le cas)
 et l'histoire des cigognes parisiennes apportant les bébés dans leur bec présentait trop d'incongruités pour me convaincre, étant donné qu'au cours du voyage de Paris à Benfica
 (Paris était aussi éloigné que Lisbonne l'était de la plage des Pommes)
 quelque chasseur pouvait tirer sur le volatile, impatienté par les braillements de mes frères. Qui plus est la cigogne était censée les déposer personnellement comme les facteurs remettent les colis recommandés, or il me semblait étrange de retrouver ma mère dans un lit à la maternité, à moins que la maternité ne fût une sorte de consigne, semblable à celle de la gare du Rossio, où l'on serait venu réceptionner les enfants comme des paquets étiquetés Fragile, une consigne où ma mère se serait enrhumée sous le coup des courants d'air provoqués par les battements d'ailes des cigognes. Quoi qu'il en soit, les bébés étaient là, et s'appliquaient à tour de rôle mais sans relâche à téter et à brailler. Un jour, entre deux tétées, mon père m'a demandé
 — Tu veux voir?
 il a pincé le sein de ma mère, un filet de lait a jailli et j'en fus si pantois que j'en suis resté troublé. Sitôt que l'un de mes frères était transféré dans la chambre les hurlements d'un autre emplissaient le berceau
 (en y songeant le labeur des cigognes me faisait de la peine)

et sur la table de chevet se trouvait un sucrier destiné à saupoudrer la tétine à seule fin de calmer le monstre exerçant ses poumons des mois durant. Je m'étonne qu'aucun de nous ne soit devenu ténor, et quand j'assiste à un opéra, je lutte pour ne pas monter sur la scène avec une tétine et un sucrier afin d'apaiser ces braillards tout aussi potelés, tout aussi chauves, tout aussi empourprés par l'effort, tout aussi affublés de langes, arrachés du berceau par la perversité du maestro. Le problème c'est que les sopranos étant souvent trop grosses et lourdes pour être arrachées au leur, le maestro risque de se casser les reins. Sitôt que nous étions transférés dans la chambre mon père nous apprenait à faire du patin

(il a été champion de patinage)

ma mère, qui n'a été championne de rien, nous apprenait à lire, et avec ces deux bagages nous étions parés pour la vie et envoyés à l'école de monsieur André pour obtenir un certificat en affluents de la rive gauche du Tage et en stations ferroviaires de la Beira Baixa

(la quantité d'affluents et de stations existantes est effroyable, j'en viens à souhaiter que le monde entier ressemble au désert de Gobi)

et une fois que nous étions pourvus de ces connaissances indispensables, mes parents nous lâchaient dans le monde où nous commencions aussitôt à avoir des cheveux blancs et à nous reproduire. Si étrange que cela paraisse, j'étais avec ma tétine il y a quelques minutes encore et quand le président de la République m'avait invité à la passation de pouvoirs je ne m'y suis pas rendu, ne sachant quelle

culotte courte enfiler, ma mère n'étant pas là pour me faire la raie et mon père ne m'ayant pas prévenu
— Si tu rentres après onze heures samedi tu seras puni.

C'est une mauvaise idée de m'avoir laissé partir de Benfica : les bébés me manquent, l'odeur du tabac à pipe me manque, mon premier livre de primaire me manque, manger en pyjama avec la frange mouillée après le bain me manque, la jeune fille de vingt et quelques années qui en paraissait dix-huit me manque. Quand Jünger affirmait

Plus je vieillis plus j'ai de l'avenir

il devait être complètement gâteux. La vérité c'est qu'une bonne partie de mon avenir est restée derrière moi. Le jeudi, jour où mes frères se réunissent chez mes parents, je retourne là-bas le chercher. Et à présent je m'arrête d'écrire parce que j'ai envie de me taire et vous n'avez rien à redire à cela.

Le grand et horrible crime

Ma mère et moi ne sommes pas riches. Nous avons le salon de coiffure et ce petit appartement ici en haut, près du square, avec un nouveau parquet posé en juin, et une véranda condamnée du temps de mon père alors que nous habitions tous les trois et qu'il était pointeur à Cabo Ruivo. À présent s'il pointe encore quelque chose ce sont les cyprès entourant sa pierre tombale ornée de son portrait en émail dans le cimetière Alto de São João, et quand nous y allons le dimanche, il me semble le voir, très sérieux, en blouse marron et cigarette éteinte à la bouche, consignant le passage des nuages avec un bout de crayon à papier.

Ma mère et moi ne sommes pas riches : il y a la pension de mon vieux père et ce que rapporte le salon, entre neuf heures et sept heures, grâce aux permanentes de ces divorcées qui se maquillent à leur fenêtre garnie d'un rideau de satin et passent leurs journées à peinturlurer leurs ongles devant le feuilleton brésilien en attendant que rentrent, en Mercedes et un cure-dent aux lèvres, les entrepreneurs qui payent leur permanente, le rideau et les ongles, en soufflant des promesses de bagues d'émeraude sous leur chapeau tyrolien.

Nous ne sommes pas riches : nous déjeunons à l'extérieur le dimanche, nous allons au cinéma, nous achetons quelque chose à dîner au centre commercial et comme je n'ai pas de petite amie ni ne compte en avoir nous bavardons l'un avec l'autre, en été, en dégustant une glace à la vanille sur l'esplanade dans le tumulte des oiseaux. Et nous en étions là, plus ou moins heureux, économisant de l'argent pour des vacances en Espagne quand Edilson a commencé à nous rendre visite.

Je ne sais pas où ma mère l'a déniché car nous étions toujours ensembles et je ne l'avais jamais vu à Marvila : un mulâtre en veste rouge et cravate jaune se repère à des kilomètres, d'autant plus s'il chante des sambas avec une guitare sur les genoux, et voilà que je tombe sur ma mère lui caressant le menton au moment où je rentrais de chez le docteur qui me fait des piqûres pour soigner ma hernie discale. Moi effaré, mon parapluie à la main, ma mère en jupe neuve avec une voix qui s'évanouit et se prélasse

— Edilson

moi rongé de jalousie me disant Je vais mourir

— Enchanté

me disant Je vais mourir tout en m'apercevant qu'Edilson avait tout au plus vingt ans, pouvait être son petit-fils, me disant Si les voisins s'en rendent compte quelle honte, me disant Finies les petites vacances en Espagne, et ma mère sans me prêter attention

— Tu veux un whisky Edilson ?
Edilson sa paluche sur le genou de ma mère, avec un sans-gêne affiché
— Pourquoi pas ma colombe
et ma mère comme si je n'existais pas, comme si la photographie du pointeur n'avait pas été là sur la petite table près du canapé, à côté du soliflore avec sa fleur en tissu, ma mère tout sourire
(et moi prêt à la tuer)
— Combien de glaçons ?
ma mère en organdi bleu, ma mère avec un soutien-gorge à baleines, son collier de cérémonie de mariage à fermoir en argent, des boucles d'oreille pendantes, une mouche sur la joue, Edilson accordant sa guitare
— Deux
la tignasse gominée, des chaussettes à rayures, des bottes vernies, ma mère se tournant vers moi dans un cri de craie raclant une ardoise
— Apporte immédiatement de la glace Anibal ne reste pas planté là
j'ai ouvert le réfrigérateur, la véranda donnait sur les bennes à ordures le long du fleuve, on voyait les grues et pourtant je ne voyais pas les grues, on voyait les mouettes et pourtant je ne voyais pas les mouettes, on voyait Seixal et pourtant je ne voyais pas Seixal, j'ai sorti un couteau du tiroir pour séparer les glaçons tout collés, on voyait un bateau et pourtant je ne voyais aucun bateau, l'eau du robinet ne parvenait pas à détacher les glaçons, j'ai frappé avec le manche du couteau
(on voyait Seixal et pourtant je ne voyais pas Seixal)

et rien, j'ai essayé avec l'eau chaude et rien, ma mère depuis le salon, dans un cri de craie raclant une ardoise

— Cette glace c'est pour aujourd'hui Anibal?

et j'étais prêt à la tuer, monsieur le juge, j'étais prêt à la tuer, pendant quarante et un ans nous avons été plus ou moins heureux, on sortait déjeuner dehors le dimanche, on allait au cinéma, on achetait quelque chose au centre commercial pour le dîner, on dégustait des glaces à la vanille sur l'esplanade dans le tumulte des oiseaux, on voyait des grues et pourtant je ne voyais pas les grues, je n'ai jamais eu de petite amie, ma mère

— Lâche ce couteau Anibal on ne joue pas avec ces choses-là

je n'ai jamais eu de petite amie ni ne compte en avoir, ma mère, son visage caché derrière ses mains

— Edilson

ma mère, en organdi bleu

— Edilson

on voyait un bateau et pourtant je ne voyais aucun bateau et lorsqu'on m'a emmené au commissariat je n'ai même pas protesté, ne me dites pas que cette femme était ma mère, ce n'était pas ma mère, ma mère n'avait rien en commun avec les divorcées du quartier et jamais elle n'aurait accepté de se coller une mouche sur la joue, ma mère, qui était une dame, n'aurait jamais porté un soutien-gorge à baleines.

Écrit à coups de croc

Ça fait déjà un certain temps que monsieur Rui ne vient plus me voir à l'hôpital pour sa consultation. C'est un homme de soixante ans, toujours en costume-cravate et col empesé, très propre, impeccablement coiffé, une serviette à la main et vingt-deux mille trois cents escudos de retraite. Sa serviette est gonflée d'oranges

(— Vingt-deux mille trois cents escudos ne suffisent pas pour dîner au restaurant monsieur le docteur)

monsieur Rui l'ouvre pour m'en offrir une, je garde l'orange dans ma main tandis qu'il s'assoit devant moi parce que je suis le médecin et lui le malade, je finis par poser l'orange parmi mes blocs d'ordonnances, par demander

— Comment ça va monsieur Rui?

monsieur Rui répond

— Je vais très bien

et de fait il va très bien, il respire la forme, son visage a pris des couleurs grâce à ses visites au Jardin Zoologique

— Je continue à m'y rendre tous les jours pour parler avec mes braves bêtes

de sorte que presque toute la retraite de monsieur Rui passe dans les entrées au Jardin Zoologique où il parle avec les braves bêtes qui semblent lui répondre. Ces braves bêtes sont les tigres. Monsieur Rui méprise les autres animaux

(– Ce que disent les lions et les léopards ne présente aucun intérêt monsieur le docteur)

il prend à droite vers la cage aux tigres sans même un regard pour les rhinocéros et les girafes, et il s'installe avec sa serviette, son col empesé, très propre, devant la cage, prêt au dialogue

(je reprends l'orange)

prêt à un échange passionné avec les tigres avant de regagner sa chambre louée à Calvário

(– Cinq mille six cents escudos monsieur le docteur avec un bain par semaine)

où il arrive à six heures du soir pour attendre le matin suivant car, hélas, le Jardin Zoologique ferme

(– Je ne comprends pas pourquoi il ferme monsieur le docteur)

ce qui interrompt l'entrevue entre monsieur Rui et les tigres au moment où ces braves bêtes étaient sur le point d'aborder un point crucial pour le pays

— Le secret est l'âme du commerce monsieur le docteur, quand les braves bêtes et moi aurons tout réglé, votre excellence en sera la première informée

un point que monsieur Rui m'épargne pour l'instant par amitié et délicatesse afin

(je repose l'orange)

de m'éviter des désillusions : monsieur Rui déteste décevoir ses amis. Quand je l'ai connu il venait de quitter son précédent médecin

— Je n'en voulais plus monsieur le docteur, votre collègue ne comprenait pas mes braves bêtes tandis que votre excellence, on voit tout de suite qu'elle les apprécie

qui le gavait de cachets contre les tigres et comme j'envie un homme capable de parler à des cages, je lui ai supprimé ses cachets contre les fauves qui agissaient également contre monsieur Rui en le plongeant dans un état d'hébétude et de somnolence

(je cherche l'orange)

et monsieur Rui a retrouvé sa vitalité grâce aux idées qu'il échange avec la faune de Sete Rios.

Il y a quelques jours je l'ai vu, par hasard, au Jardin Zoologique, installé devant ses braves bêtes avec sa serviette sur les genoux, au moment où il recevait les conseils d'un tigre qui n'arrêtait pas de grogner. Comme je suis un être insignifiant il ne m'a pas remarqué, tout au discours décisif de son ami. À la consultation suivante je lui annonce que je l'ai aperçu en train de refaire le monde près de la cage, monsieur Rui

(je ne sais pas quoi faire de cette orange)

me prend immédiatement le bras

— Et vous ne pensez pas que la brave bête avait raison monsieur le docteur ?

(maintenant je ne sais vraiment plus quoi faire de cette orange)

j'hésite

— N'ayez pas peur de dire la vérité monsieur le docteur

je hasarde
— Il se pourrait qu'il ait raison monsieur Rui
monsieur Rui s'offusque
— Il se pourrait, monsieur le docteur?
s'empresse de me corriger
(je commence à éplucher l'orange)
— Il se pourrait, c'est une façon de parler, il va de soi qu'il a raison
monsieur Rui réfléchit un moment en fronçant les sourcils
(je finis d'éplucher l'orange)
il change de position sur sa chaise, se remet à réfléchir, se penche sur mon bureau, me demande à voix basse
— Si monsieur le docteur devait vivre avec vingt-deux mille trois cents escudos de retraite n'irait-il pas parler avec les braves bêtes pour ne pas devenir fou?
je jette les épluchures dans la corbeille, je partage l'orange avec monsieur Rui, un quartier pour lui un quartier pour moi
— Si je devais vivre avec vingt-deux mille trois cents escudos de retraite monsieur Rui, que pourrais-je bien faire sinon aller parler avec les braves bêtes?
et monsieur Rui finissant l'orange
— Pour ne pas devenir fou
monsieur Rui déjà debout
— Eh bien prenez un rendez-vous pour une consultation monsieur le docteur.

C'est ce que j'ai fait. J'ai pris un rendez-vous avec moi-même mais avec le retard je ne me consulterai qu'en octobre. D'ici là on peut me voir tous les week-ends au Jardin Zoologique m'entretenir avec les tigres près d'un monsieur avec une serviette, en costume-cravate, le col empesé et très propre, tout en mangeant des oranges devant la cage.

Avant que la nuit tombe

Des circonstances malvenues m'ont contraint ces dernières semaines à me pencher sur le passé et le présent et à oublier le futur. Surtout le passé : j'ai de nouveau retrouvé l'odeur et les bruits de l'hôpital, cette lumière de gaze blanche dans laquelle les infirmières glissent comme des cygnes et qui m'exaltait du temps où j'étais interne, ce silence caoutchouteux, ces éclats métalliques, ces gens qui parlent à voix basse comme dans une église, cette solidarité de la tristesse au fond des salles d'attente, ces couloirs interminables, ce rituel terrifiant de solennité auquel j'assiste avec un sourire tremblant dont je me sers comme d'une canne, courage postiche qui dissimule mal ma peur. Surtout le passé parce que le futur se rétrécit, se rétrécit toujours plus, et je dis surtout le passé car même le présent s'est changé en passé, des souvenirs que je croyais perdus et qui refluent à mon insu, les dimanches de foire à Nelas, le ronchonnement des gorets

(je me souviens si bien du ronchonnement des gorets à présent) une bague à l'emblème du Benfica que moi à cinq ans je trouvais superbe et mes parents atroce, qu'à cinquante ans je continue de trouver belle et horrible à la fois, et je pense qu'il est temps que je la porte, seule fantaisie maintenant que je n'ai plus de plaisirs. Je veux ma bague à l'emblème du Benfica, je veux ma grand-mère vivante, je veux notre maison de la Beira, tout ce que j'ai laissé s'enfuir et qui me manque, je veux Gija pour me gratter le dos avant de me coucher, je veux courir dans les bois de Zé Rebelo, je veux jouer au ping-pong avec mon frère João, je veux lire Jules Verne, je veux aller à la foire populaire pour monter dans le carrousel, je veux voir Costa Pereira défendre un penalty de Didi, je veux des crèmes aux œufs, je veux des beignets de morue avec du riz à la tomate, je veux retourner à la bibliothèque du lycée pour lire en cachette *La Rousse* de Fialho de Almeida, je veux retomber amoureux de la femme du pharaon des *Dix commandements* que j'ai vue à douze ans et à laquelle je suis resté fidèle durant tout un été, je veux ma mère, je veux mon petit frère Pedro, je veux aller à la droguerie acheter du papier de trente-cinq lignes pour écrire des vers laborieusement comptés sur le bout des doigts, je veux rejouer au hockey sur glace, je veux être le plus grand de la classe, je veux cacher des billes

œil de bœuf, œil de chat, agates et calots

je veux entendre Frias raconter des films à l'école de monsieur André, parlant du garçon, de la fille et de l'ami du garçon, des films que je n'ai jamais vus sinon à travers les évocations de Frias

(Manuel Maria Camarate Frias qu'es-tu devenu ?)

et les évocations de Frias étaient bien meilleures que les films, Frias imitait la musique de fond, le bruit des chevaux, les coups de feu, la bagarre dans le saloon, il imitait tout cela tellement bien qu'on avait l'impression d'y être, Frias, Norberto Noroeste Cavaleiro, l'homme qui croyait que j'en avais après sa voiture et qui m'a déclaré dans un beuglement

— À moi on me donne du monsieur le docteur mon lascar

la première fois qu'une grande personne m'a insulté et à laquelle j'ai voulu répondre que mon père aussi était docteur, tout comme la première fois où je suis entré à la patinoire du Futebol Benfica pour enfiler mon équipement et que Ferra-o-Bico a révélé aux autres

— Le père du blondin est docteur

un silence respectueux s'est fait autour de moi, le père du blondin est docteur, je veux reprendre un taxi devant ma maison et entendre le chauffeur demander

— C'est ici qu'habite un gars qui fait du hockey et qui s'appelle João?

pour m'étonner à nouveau qu'il traite aussi familièrement le père du blondin, je veux me casser un bras pour porter un plâtre ou, mieux encore, une jambe, pour pouvoir marcher avec des béquilles et effrayer les petites filles de mon âge, un gosse en béquilles

je croyais, enfin je crois

qu'aucune fille ne peut lui résister, sans parler des voitures qui s'arrêtent pour vous laisser traverser la rue, je veux que mon grand-père me dessine un cheval, je veux monter dessus et m'en aller d'ici, je veux sauter sur mon lit, je veux manger des bernacles, je veux fumer en cachette, je veux lire le *Mundo de Aventuras*, je veux être Cisco Kid et Mozart en même temps, je veux des glaces Santini, je veux une lampe de poche pour Noël, je veux des parapluies en chocolat, je veux que ma tante Gogó me donne la becquée

— Ouvre la bouche Toino

je veux une coupelle de lupins, je veux être Sandokan Souverain de Malaisie, je veux porter des culottes longues, je veux descendre des trams en marche, je veux être contrôleur à la Carris, je veux jouer de toutes les trompettes en plastique du monde, je veux une boîte à chaussures pleine de vers à soie, je veux mes figurines de joueurs de foot, je ne veux pas d'hôpitaux, pas de malades, pas d'opérations, je veux du temps pour reprendre courage et dire à mes parents que je les aime

(je ne sais pas si je pourrai)

dire à mes parents que je les aime avant que la nuit tombe, messieurs, avant que la nuit tombe pour toujours.

Ce qui fut n'est plus Dulce

Je n'existe plus. Hier mon médecin a parlé de cancer, je dois me faire à l'idée que je n'existe plus. Il y a quelques années de ça on me racontait de temps en temps des histoires de mort. Des gens jeunes qui en quelques mois disparaissent de la terre. On m'a raconté qu'ils étaient partis, mais on ne m'a pas raconté comment ils étaient partis. Je vais le savoir plus tôt que je ne le pensais.

Aujourd'hui je n'y suis pour personne. J'ai débranché la prise du téléphone, je ne répondrai pas si l'on sonne à la porte, si quelqu'un jette des cailloux contre mes carreaux pour m'appeler de la rue je resterai sur mon canapé avec un paquet de cigarettes d'avance et une revue à portée de main. La nuit tombée je n'allumerai pas la lumière. Je baisserai les persiennes pour faire croire que je suis sortie, je n'allumerai pas la télé, n'écouterai pas de musique. Je ne me plaindrai pas. Je n'existe plus. Hier mon médecin a parlé de cancer, je dois me faire à l'idée que je n'existe plus. Il y a quelques années de ça on me racontait de temps en temps des histoires de mort. Des gens jeunes qui en quelques mois disparaissent de la terre. On m'a raconté qu'ils étaient partis, mais on ne m'a pas raconté comment ils étaient partis. Je vais le savoir plus tôt que je ne le pensais.

Pour l'instant ça ne paraît pas trop dur mais ce n'est que le début. Je n'ai même pas de douleurs, juste cette boule dans la poitrine et ces autres dans le cou, dans le pli du bras, le long de la clavicule. Le médecin s'est étonné que je ne m'en sois pas rendu compte. En prenant votre bain par exemple, disait-il, vous ne sentiez pas quelque chose de bizarre, ces bosses sur votre corps ? Quand il ne parle pas ses yeux me crient C'est fini. La poche de sa blouse était pleine de stylos. Telles des araignées ses mains mesuraient mon cancer de haut en bas, méticuleuses. De temps en temps, tout en me palpant, il opinait de la tête. L'infirmière derrière lui se tenait absolument immobile. Dans la cour de l'hôpital les malades se promenaient. Des oiseaux en pyjama, efflanqués, les yeux luisants des personnes en mauvaise santé. Ce qui m'a toujours impressionnée chez les malades c'est l'éclat de leur regard. Je me suis regardée dans la glace et je n'ai rien vu de tout ça sur mon visage. Rien que ma tête de tous les jours. Pas plus maigre ou plus pâle ou plus anxieuse. Rien de plus que mon visage de tous les jours, sérieux, la paupière gauche légèrement plus tombante que l'autre. Comme ma mère. Nous avons hérité cela de son père semble-t-il. Je n'ai pas connu mon grand-père sinon par des photos. Il y a beaucoup de membres de ma famille que je ne connais que par des photos. Je ne ressemble à aucun. Comme je n'y suis pour personne, je n'y suis pas plus pour ces oncles défunts.

L'appartement sans téléphone, sans musique, sans lumière, dégage une étrange atmosphère. Je distingue les meubles, l'encadrement de la porte, la tache du tapis. Je distingue aussi mes jambes. Mais encore une heure ou deux et tout cela s'évanouira dans le noir complet, meubles, porte, tapis et moi avec. Je n'ai pas faim. Je n'ai pas soif. Il y a des mandarines dans le réfrigérateur. J'aime la saveur froide des mandarines et la dureté menue des pépins. Je pressais entre ma langue et mon palais ces petites dents, quenottes de nourrisson, pour ensuite les aligner sur le rebord de l'assiette. D'aussi loin que je me souvienne j'ai toujours fait ça. Les unes derrière les autres. Ou en cercle. Ou en croix. Des dents non pas blanches mais jaunâtres. C'est si étrange de penser que des arbres naissent de pareilles graines, qu'elles renferment des arbres entiers, microscopiques, prêts à s'élever. C'est là ce qui me venait à l'esprit pendant que le médecin m'examinait, non pas la mort ni le cancer. Cette disproportion entre les pépins et les arbres. C'est si étrange de penser que c'est à moi que cela arrive.

Quoi qu'il en soit aujourd'hui je n'y suis pour personne. Je ne veux pas de pitié. Je ne veux pas être consolée. Je ne veux pas de sourire d'espoir. Je veux imaginer l'avenir en sachant qu'un mur se dresse devant moi. Les autres franchissent le mur. Moi je reste devant. Le médecin m'a dit qu'on m'enverrait les papiers de mon admission la semaine prochaine ou celle d'après ou la suivante. Ensuite je ne devrais plus revenir dans cette maison. Ça ne me préoccupe guère. Ce n'est pas grave. Tout bien réfléchi, je n'ai jamais été particulièrement heureuse ici.

N'importe quelle lumière vaut mieux que la nuit noire

Le flacon de vernis à ongles sur le micro-ondes, où elle a l'habitude de laisser le bloc-notes et ses instructions pour la femme de ménage. Je remarque toujours deux genres d'écriture sur la même page, son mot à elle en haut, et la réponse de la femme de ménage en bas. À côté la monnaie des courses. Et cette chanson américaine qui me hante

N'importe quelle lumière vaut mieux que la nuit noire.

Aujourd'hui mon fils s'est réveillé au milieu de la nuit en pleurant. Il n'a que trois ans. J'ai pensé qu'il avait de la fièvre, ou mal aux dents ou quelque chose comme ça, alors je l'ai pris dans mes bras et l'ai transporté dans la cuisine pour regarder la rue. J'aime la cuisine la nuit, avec son plan de travail en granit et ses appareils électriques grands et carrés, qui semblent plus redoutables encore dans le noir. J'aime leur aspect efficace et le mystère de leurs intestins pleins de vis et de ventilation. Des machines blanches, des lunettes rondes derrières lesquelles tournent le linge et la mousse mélangés. J'ai songé à brancher un des appareils pour amuser mon fils. Pour m'amuser moi. Parfois je m'assois sur une chaise et je reste à les regarder. Ils craquent, changent de vitesse et de bruit. Comme des organismes vivants. Mon fils sent la sueur et les larmes. La rue paisible. Des voitures alignées contre le trottoir. J'aperçois la mienne entre une fourgonnette grise recouverte de poussière et une voiture recouverte d'un drap. J'en connais le propriétaire. Le dimanche, en short, il enlève le drap et passe des heures à nettoyer sa voiture avec une éponge. Jamais il ne sourit. Nettoyer sa voiture semble pour lui l'acte le plus important en ce monde. Quand il a terminé, il rentre chez lui et ressort une demi-heure après suivi de sa famille. Ils se promènent jusqu'au dîner, fiers de leur merveille rutilante. Comme dit la chanson n'importe quelle lumière vaut mieux que la nuit noire. Une voix américaine, rugueuse. N'importe quelle lumière vaut mieux que la nuit noire.

Mon fils s'est tu fatigué de pleurer. Je le recouche. Sans bouger, les yeux fermés, il dort d'un air nonchalant. Je retourne dans la cuisine. Ma femme a laissé un flacon de vernis à ongles sur le plan de travail. Elle dort également mais sur le ventre, agrippée à l'oreiller. Il lui arrive de murmurer dans son sommeil des phrases que je ne saisis pas. Le flacon de vernis sur le micro-ondes, où elle a l'habitude de laisser le bloc-notes et ses instructions pour la femme de ménage. Je remarque toujours deux genres d'écriture sur la même page, son mot à elle en haut, et la réponse de la femme de ménage en bas. À côté, la monnaie des courses. Et cette chanson américaine qui me hante

N'importe quelle lumière vaut mieux que la nuit noire.

Pour quelle raison est-ce que je reste ici? Il y a mon fils, il y a ma femme. Est-ce seulement pour cela? Des questions sans fin et sans réponse. Ma tête est pleine de questions. Pas de doutes. Pas d'inquiétudes. Des questions. Ma mère disait toujours Quand tu seras plus vieux tu comprendras. Je n'ai pas dû prendre une ride puisque je ne comprends toujours rien.

Je concentre mon regard sur la rue pendant que des lambeaux d'idées, de souvenirs m'envahissent puis s'éloignent. Par exemple ma grand-mère recouvrant les miroirs avec des draps à l'occasion d'un décès dans la famille. Elle assurait que si la mort se regardait dans un miroir jamais plus elle ne partirait. Pas plus qu'elle ne nous laissait jeter le pain : elle conservait des sacs et des sacs de pain dur. Quand ma mère protestait qu'il y avait trop de sacs, ma grand-mère disparaissait avec dans l'escalier et revenait les mains vides. Personne n'a jamais su où elle cachait le pain. Elle est morte à soixante-seize ans et depuis la mort a pu se regarder à loisir dans les miroirs.

D'ici peu je vais me remettre au lit. Les draps tièdes. Les chiffres phosphorescents du réveil qui bleuissent la chambre. La gravure à l'enfant et à l'ours. Toutes ces choses réelles. Agréables. Authentiques. Je fixerai la gravure et les questions me quitteront peu à peu. Le souvenir de ma grand-mère également. Où cachait-elle le pain ? Je n'y penserai plus. Je ne pense plus. Je me sens glisser doucement, descendre, descendre, bercé par la chanson qui me répète au creux de l'oreille que n'importe quelle lumière vaut mieux que la nuit noire. N'importe quelle lumière vaut mieux que la nuit noire. Même si je rencontrais une femme superbe je ne quitterais pas cette vie.

Une fable en passant

Nous habitons ici, cette petite maison près de la gare, avec un parterre de géraniums derrière. Depuis que nos parents sont morts nous avons souvent, ma sœur et moi, songé à la vendre afin d'acheter un appartement dans le centre, même petit

(jamais personne ne voudra nous donner beaucoup d'argent pour cette maison et nos retraites sont modestes)

pour fuir les trains.

Le chemin de fer se trouve à cinquante mètres à peine du petit salon où ma sœur fait du crochet après le déjeuner tandis que je m'occupe avec mes timbres

(outre ce petit salon, nous avons deux chambres, une cuisine et un bac dans le jardinet, sous un appentis, avec nos brosses à dents sur une tablette en fer et un tesson de miroir pendu à un clou)

et toutes les cinq minutes la maison entière se met à trembler au passage des locomotives, nous plaçons le chat en plâtre bien au milieu de la table pour ne pas qu'il dégringole et se brise, nous poussons bouteilles et verres dans le fond du dressoir, nous couchons les photos depuis que le mois dernier le verre d'un cadre, en se brisant, a déchiré d'un coin à l'autre le sourire de notre père sur un cliché vieux de trente ou quarante ans, du temps où il avait l'âge que j'ai à présent et où il travaillait chez le notaire de Queluz.

Je me souviens parfaitement de lui à cette époque, petit, maigrichon, avec une douzaine de cheveux qui partaient de l'oreille gauche, franchissaient sa calvitie, rejoignaient l'oreille droite, luisants de gomina, adhérant si fort à la peau du crâne qu'ils ne frémissaient même pas au déferlement des wagons.

Pour ma sœur et moi le problème n'est pas tant les trains qui secouent la maison, ni les sonneries du passage à niveau et les coups de sifflet des contrôleurs qui nous empêchent de dormir. Le problème n'est pas tant les lézardes au plafond et sur les murs ni la fumée qui noircit les rideaux, les draps, les pétales des géraniums du parterre que ma sœur a l'habitude de cueillir pour les mettre au milieu du salon dans un joli vase en verre, sous le calendrier arrêté en mars 1972, mois où notre mère est morte. Le vrai problème, c'est les passagers.

Pour qui sort de la gare notre maison est la première sur le chemin qui conduit à l'arrêt de l'autobus desservant la ville. Le reste n'est que roseaux jalonnant un talus qui sert de décharge au quartier, un tas d'ordures sous des marmites percées et une baignoire à pattes de lion dans laquelle les rats font leur nid, sans parler du raccourci qui mène à l'école et le terrain vague où le cirque plante sa tente à Noël et à Pâques avec ses tigres galeux. Il ne s'agit pas d'un cirque international, avec roulottes immatriculées à l'étranger et trapézistes russes : mais de deux camionnettes venues du Nord, avec une toile, des mâts, des gradins et une guérite de billetterie volée dans une caserne désaffectée.

Les clowns arrivent plus tard, en train, et envahissent notre maison. C'est pour cela que ma sœur et moi songeons à la vendre pour acheter un appartement dans le centre, même petit, même en sous-sol, même dans un cagibi de concierge si l'argent ne suffit pas. Ma sœur m'a déjà dit que cela ne la dérangerait pas de laver les escaliers et de descendre dans la rue les poubelles des paliers, quant à moi aller faire les courses des voisins, leur acheter des cigarettes ou m'occuper de leurs factures de gaz et de téléphone ne porterait pas atteinte à ma fierté. Si cela peut nous débarrasser des clowns ce sera toujours ça.

L'affaire des passagers a commencé il y a sept mois tout au plus. Je m'en souviens parfaitement car ma sœur fêtait son anniversaire un dimanche. Je lui avais acheté des boucles d'oreille à la mercerie et un gâteau avec une bougie au milieu, celui qu'elle aime avec beaucoup de crème sur un fond de génoise. J'allais allumer la bougie lorsqu'on a frappé.

Au début, j'ai cru que c'était une de nos cousines, mais c'était peu probable puisqu'elle se trouvait à l'hôpital souffrant de calculs rénaux, puis j'ai songé que hormis ma cousine nous n'avions d'affinités avec personne. On a frappé de nouveau, j'ai regardé par la fenêtre et dehors, avec une valise de voyage, un nez rouge, d'immenses chaussures et un saxophone au cou, un clown triste pleurait.

Bien entendu l'anniversaire de ma sœur fut gâché. Il a mangé jusqu'à la bougie encore allumée de notre gâteau, s'est assis sur la chaise en osier de mon père et les yeux rivés sur nous, sous de faux cheveux orange, il soufflait dans son saxophone une note interminable, tandis que des larmes mêlées de maquillage coulaient le long de ses joues.

Comme ma sœur et moi sommes des personnes discrètes nous n'avons rien osé demander et lui ne nous a rien dit. Il n'a même pas ouvert la bouche lorsque l'on a frappé une nouvelle fois et que deux augustes sont entrés. Ils semblaient jumeaux dans leurs habits identiques, en pulls à rayures et bretelles rouges, et ils portaient des tournesols au ruban de leur chapeau d'où giclait de temps en temps un jet d'eau qui mouillait le canapé. Cette nuit-là, nous avons dû dormir dans la cuisine avec le réfrigérateur tout secoué de bruits.

Depuis lors, même quand le cirque n'installe pas son chapiteau sur le terrain vague, nous avons peur des trains. Lorsque les passagers descendent le sentier de l'école nous redoutons que l'on vienne frapper à la porte. Nous avons peur. Peur des clowns tristes et de ceux qui arborent un tournesol à leur chapeau. Ma sœur a complètement cessé de faire du crochet et moi j'en ai oublié ma collection de timbres. C'est alors que nous avons décidé de prendre l'autobus pour Lisbonne.

Voilà quatre jours que nous prenons des cafés-crème et des gâteaux de riz dans les cafés de la Praça do Chile, voilà quatre jours que nous avons mis une annonce dans le journal pour vendre la maison. La seule chose qui nous attriste c'est de penser que les clowns oublieront de mettre le chat en plâtre bien au milieu de la table. Nous nous sentirions coupables s'il tombait par terre au passage d'un train et se brisait. Notre mère adorait cette bête. Mais comme je le dis à ma sœur il nous faut vendre cette maison. Un acheteur pourrait arriver là-bas, approuver le petit salon, les chambres, la cuisine et le bac, et ne pas se formaliser de rencontrer un individu avec un saxophone et de faux cheveux orange pleurant en silence au beau milieu des géraniums.

La vie, plus ou moins

On pouvait lire ces derniers temps dans les journaux à ton sujet : que tu étais la plus grande spécialiste de Viera de la seconde moitié du XXe siècle, que tu étais un professeur exceptionnel, une brillante intellectuelle, qu'en matière de baroque nul autre que toi patati patata, sans compter les articles, ta photo

(tu m'as toujours semblé avoir quelque chose d'un oiseau, tes yeux, tes sourcils, ton nez, ta bouche)

qui illuminait les pages. Quelque chose d'un oiseau : tu parlais peu, tu souriais peu, seuls tes passés simples trahissaient ton accent du Nord, la voix de mon père au téléphone

— Margarida est morte

la voix de ma mère

— Il y avait une empathie particulière entre vous deux

je n'avais jamais entendu ma mère employer le mot empathie et elle devait être émue car ma mère ne parlait pas de cette façon. En arrivant à l'hôpital de la CUF, Miguel en sortait, je crois que nous ne nous sommes jamais embrassés aussi affectueusement, ensuite je me suis enfermé avec João dans son cabinet

(cela faisait des siècles que je n'avais pas vu João en blouse)

et

(tu connais les Lobo Antunes, tu connais João)

nous ne nous sommes presque rien dit et en sortant dans le couloir nous étions tristes sans rien en laisser paraître. Ce soir-là je me suis assis avec mes parents à la table de la cuisine

(le temps des servantes est révolu)

ma mère servait le dîner, nous ne faisions que parler d'Alexandre Herculano

(tu connais la famille : à peine une émotion et nous parlons de Herculano, de Antero ou de Eça de Queiros)

et là-dessus mon père s'est levé avec sa brusquerie habituelle, on entendait ses pas dans l'escalier et quand je suis descendu il m'a montré sans un mot un livre dans lequel une dédicace **de toi** disait que tu l'aimais beaucoup : je me suis étonné que tu transgresses l'une de nos règles à savoir aimer sans en faire étalage, par pudeur, par discrétion, parce que ce n'est pas la peine. Quand je suis sortie de la maison de Benfica j'ai pensé

— Je vais aller à l'église

mais je n'ai pas pu

(je ne pouvais pas tu t'en doutes)

d'abord parce que je ne me sentais pas très bien

(patati et patata)

ensuite parce que je n'admettais pas que tu étais morte. Je garde une photo de toi avec Zé Maria enfant à la plage où tu es très belle, debout la tête baissée regardant ton fils dans une attitude bien à toi, ton corps légèrement incliné vers la droite.

L'enterrement eut lieu le samedi. J'ai emmené mon père et le bleu de ses yeux

(pareil au bleu de nos yeux à tous)

m'a frappé. Je ne sais plus de quel écrivain nous avons parlé

(j'imagine ton sourire en lisant cela)

et pourtant je me souviens que je voulais rester derrière quand Miguel m'a appelé. Si bien qu'à la tête du cortège se trouvaient ta mère, ton frère, Miguel, et moi je suivais tenant Zé Maria et João Maria embrassés, bouleversé, sans voir personne, suivi de mes frères, je suis le parrain de Zé Maria, l'aîné de tes enfants, nous étions tous un peu crispés

(quand j'écris un peu tu comprends ce que je veux dire par là)

et comme tu étais devant tu ne m'as pas vu pleurer. Tu n'imagines pas le nombre d'enterrements le samedi. On a l'impression que les gens

(en cela tu as manqué d'originalité)

attendent de mourir le vendredi pour éviter de déranger la famille, peu travaillant le samedi, jour de marché et autres corvées. Le reste s'est passé très vite : on a descendu ton cercueil, jeté de la terre dessus, des fleurs sur la terre, je revois encore Miguel au bord de ta tombe

(je me rappellerai toujours de Miguel raide, au bord de ta tombe, j'ai voulu le serrer dans mes bras, l'embrasser

patati et patata
mais je ne l'ai pas fait bien sûr)
et ensuite, voilà, nous sommes partis. J'ai le vague souvenir d'avoir vu pas mal de monde, j'ai le vague souvenir d'avoir serré des mains, j'ai le vague souvenir de joues mouillées, j'ai le vague souvenir d'un levier de vitesses coincé. Il fallait que cela tombe ce jour-là, bon sang, cette saloperie de levier avait toujours tenu le coup. À présent j'attends Noël assis ici. Tu viens à Noël
comme à l'accoutumée
me voir pour que je dédicace un livre à ton père que tu lui apporteras à Porto. De février à décembre, l'air de rien, ça fait un bon bout de temps. Peut-être téléphoneras-tu avant
(parfois tu téléphones)
sous prétexte de me dire que je suis un grand écrivain. Ces dernières semaines tu as beaucoup téléphoné. Bien entendu je ne vais pas rapporter nos conversations mais j'avoue que la dernière fois
— Je te rappellerai
tu m'as laissé espérer des nouvelles pour bientôt. Et à présent, pardonne-moi de couper court mais la sonnerie vient de retentir et c'est peut-être toi
— António? C'est Marguarida
j'aimerais bien que ce soit toi car vois-tu
patati et patata
même si je ne le montre pas, et je fais tout mon possible pour ne pas le montrer, le son de ta voix me manque. C'est bête tout de même.

Les veines des buccins

Quand je pense à toi, je songe à cette dernière lettre de Nerval écrite avant de se pendre à un réverbère rue de la Vieille-Lanterne : Ne m'attends pas ce soir, car la nuit sera noire et blanche. Et j'ai cessé de t'attendre cette nuit. J'ai cessé de t'attendre toutes les nuits. Et ce miroir est une flaque de pluie qui ne reflète plus rien, ni visages ni gestes, rien sinon le poids tremblant de l'absence.

Notre époque a remplacé les herbiers par des albums photos : finis les pétales desséchées entre deux feuilles de papier, chargées d'un passé réduit à une mélancolie de senteurs, nous réinventons ce qui fut à travers des sourires morts, des dates à l'encre rouge, des moustaches furibondes en guidon de tricycle, des hanches de bisaïeules aux sourcils sévères, cachant sous le ballon de leur jupe l'enfant que nous n'étions pas encore mais qui pourtant portera leur nez et leur bouche avec ce même air de sévérité apeurée. Les albums photos m'ont toujours paru des citernes au fond desquelles je pouvais tomber, m'y débattre avant de me noyer dans un bourbier de bandeaux, de favoris, avec les costumes de matelots et les boucles de mon oncle, de décorations militaires, de bicyclettes à la roue avant immense et arrière minuscule, d'yeux bleus à la dérive dans un brouillard en dentelles.

je suppose qu'avant de me demander ce que j'ai fait de ma vie, je devrais me demander ce que j'ai fait de la vie des autres. Comme je ne me sens en paix que lorsque je suis en guerre avec moi-même, je ne leur ai sans doute apporté ni sécurité ni bonheur. Ainsi ce n'est pas facile d'être la femme d'un homme ou la fille d'un père qui sème derrière lui des romans comme des petits cailloux afin de retrouver son chemin au retour, où m'attendent ceux qui m'aiment tandis que je rétrécis au loin jusqu'à disparaître au détour du chemin, continuant de sortir de ma poche des livres que je ne retrouverai plus. Je suis le seul criminel qui ne reviendra pas sur le lieu de son crime et si un jour j'y revenais je le trouverais vide comme une foire désertée, le sol jonché de mégots, les lumières éteintes et des papiers de sandwiches balayés par le vent qui souffle où rien n'existe. Si la politique est le métier des choses inachevées ou l'art de choisir entre divers inconvénients, je n'ai apporté aux autres que le sentiment d'une précarité ancrée dans la volonté définitive de rester patiemment inquiet. Je me cherche entre les mots pour savoir qui je suis et jamais je ne ferai bonne figure comme fonctionnaire de la modestie, d'autant que la seule forme de sérieux que je conçoive est celle qui permet toutes les fantaisies.

Ne m'attends pas ce soir, car la nuit sera noire et blanche me semble une bonne formule, nuit que mon ami José Cardoso Pires parcourait la lanterne d'un verre de whisky à la main, sorte de Diogène moderne à la recherche de visages fraternels dans le musée de cire qu'est la mémoire, jusqu'à jeter l'ancre dans des bars semblables à des boutiques d'antiquités où des Madame-de-Pompadour usées et des Richelieu recyclés par des experts de la finance, lui offraient une enfance cristallisée qu'on appelle maturité par le même goût du contresens qui nous porte à nommer Plaisirs un endroit où les morts pourrissent.

Ne m'attends pas ce soir : Sir William Osler, scientifique canadien, soutenait qu'entre l'homme et le chien, la principale différence résidait dans les comprimés que ne cesse d'avaler l'homme. Comme je ne prends aucun comprimé, je sombre peu à peu dans la nuit des miroirs, flaques de pluie qui ne reflètent plus rien, ni visages ni gestes, rien sinon le poids tremblant de l'absence. Et je continue à chercher dans les herbiers les sourires que j'ai tant aimés avec l'espoir qu'on me pardonne de ne pas suivre le droit chemin et de ne pas écrire des romans d'aventures où la barbiche de d'Artagnan est dessinée au bouchon brûlé et où les chevaux qui galopent ne sont que deux clowns recouverts d'un drap, claudiquant vers la sortie. Et tout cela me revient en un souffle par les veines des buccins lorsque j'en approche un de mon oreille et que j'écoute non pas le bruit de la mer mais la voix des hôtesses dans les aéroports étrangers, m'emportant avec elles là où personne ne pourra me trouver dans ce berceau de l'été 43, à Benfica, à l'ombre d'un acacia, sous un bras vigilant.

Hommage à José Ribeiro

Certains aiment les livres. Certains vendent des livres. Certains éditent des livres. Je connais une seule personne qui, par amour pour eux, les vend, les édite, les collectionne, les lit et, encore plus singulier, sans être riche les offre à ceux qui partagent sa passion : elle se nomme José Ribeiro, José Antunes Ribeiro, sous ses boucles grises il a l'innocence généreuse d'un enfant, le sourire large, des lunettes presque aussi transparentes que ses yeux, le doigt minutieux à force d'inventorier des reliures. Il a monté Assírio & Alvim, il a monté Ulmeiro, et en dehors des moments où il refait surface, tout guilleret dans sa timidité attendrie, il habite un petit sous-sol à Benfica, trois ou quatre cellules semblables à des couloirs, des offices, des cocons, de petites ruches d'abeille où son grand corps se meut avec une agilité insoupçonnée parmi des pages et des pages imprimées, montrant, furetant, donnant,
— Tu l'as?
— Tu connais?
— Tu l'as lu?

avec cette fierté humble, fraternelle, dont son amitié est soigneusement faite. N'était José Ribeiro je détesterais l'Avenida do Uruguai. Des immeubles et encore des immeubles ont poussé là où enfant j'allais avec la servante chercher du lait dans une ferme, des immeubles et encore des immeubles ont poussé sur mon passé, on a étouffé avec boutiques et pâtisseries ces lieux où je fus heureux autrefois, on a détruit une enfilade de maisons habitées par des gens qui n'étaient pas de ma famille et qui pourtant le sont maintenant, le vieux général emmitouflé dans sa couverture, la dame féroce, minuscule, électrique, avec ses chiens féroces, minuscules et électriques, qui m'apprenait l'anglais au milieu des aboiements, mémé Galhó et sa colossale, tremblante, collection de chats en verre, ses poèmes de Gomez Leal, sa cuisinière borgne

Rosa

des portails de domaine, des piliers, des lopins de terre, des bougainvillées et de sombres vestibules moisissant dans un perpétuel hiver, imperméable au soleil, un monsieur à cheveux blancs alité

(mais la mort n'existait pas, pendant longtemps la mort n'a jamais existé, la mort se résumait à des cartes de petits saints ovales dans le missel de ma mère, j'étais éternel, à quel moment, mon Dieu, ai-je donc cessé d'être éternel, moi qui le fus tant d'années)

la charrette du marchand d'huile d'olive, les troupeaux, des soirées plus longues qu'une leçon d'histoire. On a fait pousser des immeubles et encore des immeubles habités par des gens qui ne me donnent plus du jeune homme, qui ne m'appellent plus António, et là où se trouvaient les bidons de lait et leur écume bouillonnante je me promène de boutique en boutique comme un chien à la recherche de l'os enfoui dans un coin oublié et je finis, hagard, par sonner au sous-sol de José Ribeiro, je descends les marches à l'aveuglette

(j'ignore pourquoi il n'y a pas de lumière dans les escaliers mais tout bien réfléchi je préfère, une ombre mystérieuse, une promesse d'inattendu)

j'aperçois une faible clarté au fond et soudain, dans l'encadrement de la porte, les boucles grises, les lunettes, le sourire, le bureau pareil aux bureaux des grands-pères, des piles de livres, des paquets de livres, des cartons de livres, des rayons de livres, des odeurs de livres

(le Paradis)

et ce São Pedro débonnaire

— Tu l'as ?
— Tu connais ?
— Tu l'as lu ?

avec cette délicate attention propre aux paysans, avec la tranquille sollicitude de l'amitié, nous voilà furetant dans les volumes trois ou quatre mètres au-dessous du niveau du sol, courbés comme des mineurs, écartant, empilant, découvrant

— Celui-là je ne l'ai pas
— Je ne connais pas
— Je ne l'ai pas lu

chargés de sacs comme des Père Noël nous remontons à la surface tout heureux, les immeubles de l'Avenida do Uruguai disparaissent et j'entends les troupeaux de notre enfance jusqu'au moment où nous nous séparons, l'absence de José Ribeiro me rendant à nouveau adulte, sans charme ni passion, un pauvre adulte dans une auto cabossée attendant la leçon d'enfance que me donne son regard.

En parlant aux roses

Parce que je sais que cela lui plairait, j'embrasse sa photo : les petites vieilles se redressent pour me regarder pleines de reconnaissance comme si c'était leur sourire que j'embrassais. Quand elles ne sont pas au cimetière ni à l'église, ces petites vieilles font du crochet sur le pas de leur porte et la vie passe sur elles sans même les toucher : pas un de leurs cheveux ne cille. Puis un beau jour on les conduit là-bas dans un corbillard, suivies par une demi-douzaine de parents sans larmes.

En mars et en octobre je vais toujours au cimetière me recueillir sur la tombe de ma tante. Le cancer l'a emportée le jour de son anniversaire. Dehors, près des grilles, il y a toujours quelques fleuristes, assises sur des tabourets devant de grands paniers en osier, des femmes qui se chamaillent, rient, bavardent les unes avec les autres, prenant soudain un air triste au moment de vous proposer leurs bouquets. Dès qu'on s'éloigne, elles glissent l'argent dans leur tablier et se remettent à jacasser. Le cimetière se trouve au sommet d'une colline de la ville d'où l'on voit des villas, le château, le fleuve, des champs de moutons et d'oliviers, et quand il fait beau un tracteur lointain qui produit, allez savoir pourquoi, le bruit assourdissant d'un moteur tout proche. Jamais je n'ai compris comment un tracteur si éloigné pouvait ronfler et tourner comme si ses bielles trépidaient à cinq mètres de notre oreille.

J'aime ce cimetière. J'aime les peupliers et leurs moineaux le long des allées entre les caveaux, les traînées de lumière éparses sur la terre autour des arbustes. Il y a toujours çà et là des chiens vagabonds, parfois groupés en une meute de murmures derrière une chienne en chaleur, les museaux bas avec l'air de porter toute la misère du monde. Les fossoyeurs qui déjeunent à l'ombre d'un chêne-liège écorcé leur jettent des pierres sans s'arrêter un seul instant de mastiquer, au grand dam des petites vieilles qui maternent des anges à coups de balayette. Ma tante aussi était maternelle. Chaque dimanche elle venait s'occuper de la tombe de mon grand-père, épousseter le crucifix et le médaillon en émail de sa photo, renouveler l'eau du vase en verre au robinet du mur, et elle semblait cajoler son père quand elle passait ses doigts sur la croix. Elle m'enseignait que l'esprit des morts dégageait des flammèches bleues, le soir en été. Parce que je sais que cela lui plairait, j'embrasse sa photo : les petites vieilles se redressent pour me regarder pleines de reconnaissance comme si c'était leur sourire que j'embrassais. Quand elles ne sont pas au cimetière ni à l'église, elles font du crochet sur le pas de leur porte et la vie passe sur elles sans les toucher : pas un de leurs cheveux ne cille. Puis un beau jour on les conduit là-bas dans un corbillard, suivies par une demi-douzaine de parents sans larmes.

La tombe de ma tante se trouve dans la partie la plus récente aménagée voilà deux ans, celle qui longe pour ainsi dire le terrain de foot du nouveau quartier. Les peupliers n'ont pas encore eu le temps de pousser, aucune allée n'est pavée, et on n'a toujours pas scellé le puits qui était là depuis des siècles, bien avant ma naissance. Un figuier persiste penché sur le puits et à cinq ou six mètres de la tombe de ma tante une baignoire à pattes de lion, à demi enlisée, mangée de rouille, tombe par plaques. Des chats aux yeux couleur pétrole font leur tanière dans les parages et les pierres tombales s'enfoncent, assaillies par les mauvaises herbes, dans les moisissures de la terre. Chez nous il n'y avait pas de baignoire : on apportait un baquet dans la cuisine pour se laver. J'étais gêné de paraître nu devant ma famille, car j'avais honte de la taille de mes parties. J'étais persuadé qu'elles ne grandiraient jamais et je me retrouvais debout, ruisselant de savon, exposé à leur regard déçu, tandis que ma mère me tournait le dos pour sortir les marmites du fourneau dont l'odeur de ragoût se mêlait à celles du savon et de la brillantine qu'on me mettait sur les cheveux pour éviter qu'ils ne rebiquent. En me voyant dans le miroir, je me faisais l'effet d'un chanteur de tango modèle réduit, ce qui me redonnait un peu de fierté. Pas beaucoup, juste assez pour me mettre à table sans rougir. Mais tout ceci doit remonter au Déluge car le visage des gens me paraissait alors plus grand. Des nez énormes sur des faciès gigantesques, des foulards interminables, Jésus dans un cadre avec son front couronné d'épines. Où que je fusse Jésus m'observait. Il m'arrive de croire qu'il m'observe ici dans le cimetière quand je pointe le tuyau d'arrosage sur mes roses. Dans ces moments-là, je reste cloué sur place, sans un geste, comme les objets à l'endroit où ils tombent. Cloué sur place comme la baignoire, à l'écoute des chats ou de l'ivrogne qui se promène par là marmonnant la rengaine de ma tante lorsqu'elle nettoyait, sur le crucifix, la photo ronde de mon grand-père.

Alverca, 1970

Je venais tout juste de terminer mes études quand ma grand-mère tomba malade. C'est-à-dire qu'un jour elle allait bien et le lendemain elle était dans le coma : une thrombose, un problème au cerveau, sans parler de son âge bien entendu, et plus grand-chose à faire pour elle. Mon père voulut faire appel à un spécialiste mais je le convainquis de me laisser résoudre le problème arguant que cela reviendrait moins cher et que je ferais tout pour lui éviter de souffrir. Aujourd'hui encore je me demande comment évaluer la douleur chez une personne dans le coma. Mon père a hésité

(il s'agissait de sa mère)

jusqu'à ce que la perspective d'économiser de l'argent le décide. Je suis allé chercher le stéthoscope dans le tiroir de la commode, un stéthoscope d'occasion, aux caoutchoucs usés, qu'on m'a volé l'année suivante dans ma voiture, et j'ai commencé mes manœuvres scientifiques. Du sérum

(le sérum impressionne toujours)

des piqûres, le corps qu'il faut bouger toutes les deux heures pour éviter les escarres, une sonde, un bassin, la maison empestant les médicaments, la famille me regardant pour la première fois avec respect. J'ai mesuré la tension artérielle avant de demander à l'une de mes cousines de noter le pouls, matin et soir, au dos d'une feuille de calendrier que j'ai détachée du mur suivant le pointillé. J'aime déchirer les feuilles de papier suivant le pointillé, entendre ces craquements minuscules les uns après les autres. J'aime aussi agrafer et faire des trous avec la perforeuse pour enfiler les feuilles dans les anneaux d'un classeur. Ma grand-mère dormait paisiblement, on entendait seulement le sifflement mouillé de ses poumons et de temps en temps un faible gémissement lorsqu'elle ramenait ou tendait ses jambes. Le pêcher du jardin en revanche s'agitait toute la nuit, ses feuilles scintillantes ou sombres et le fleuve au loin semblait une flamme immense, argentée, qui soulevait les bateaux dans une paix sereine. Les amies de ma grand-mère venaient hocher la tête à la porte de sa chambre. Leurs fausses dents claquaient. À chaque fois que mon père me demandait

— Alors ?

je lui montrais la feuille de température sur le calendrier et nous restions à l'examiner pendant une éternité, pénétrés d'une gravité silencieuse, persuadés d'y découvrir, en quelque point, le secret de la vie. Sans doute étions-nous en mai car des petites semences blanches et velues voletaient à la fenêtre. Quand j'étais petit on m'assurait que ces petites semences étaient les âmes des anges et j'y ai cru pendant des années. Des anges à la dérive qui se posaient sur le miroir, sur les vases et sur les brosses à habits. Je soufflais dessus et ils disparaissaient en tremblant vers le haut des armoires.

J'ai soigné ma grand-mère pendant une semaine. Au terme de cette semaine, un soir, elle est devenue toute bleue. Son visage tout bleu, puis une sorte de hoquet a secoué son corps, et puis plus rien. Sa tête s'est affaissée sur la taie d'oreiller, les os tout ramollis. Mon père a pris la feuille de température, l'a pliée avec soin et l'a rangée dans sa poche. J'imagine qu'il la considérait comme une relique. J'ai stoppé le goutte-à-goutte et j'ai rangé stéthoscope et sonde dans le tiroir. On entendait cliqueter : peut-être étaient-ce les feuilles du pêcher, ou les fausses dents des amies qui chuchotaient dans mon dos. J'ai mis une cravate, je suis allé à la brasserie et j'ai commandé un demi et un hot-dog. J'étais toujours fasciné par les gestes assurés de l'homme qui tirait la bière, un homme atteint d'une calvitie qu'il recouvrait d'une mèche partie de l'oreille, cheveu par cheveu. Je suis sûr qu'il passait des heures, chaque matin, à cette délicate opération. Parmi les bouteilles de l'étagère se dressait une Caravelle fabriquée de ses mains, tout en allumettes, soigneusement vernie. Je lui ai proposé de me la vendre pour l'offrir à ma jeune épouse et l'homme m'a regardé comme un assassin tandis qu'il poussait une coupelle de lupins vers ma poitrine. Quand je suis rentré, on avait habillé ma grand-mère qui reposait sur son couvre-lit en soie, un chapelet autour de ses poignets. Elle continuait à dormir mais ne ramenait ni n'étendait plus ses jambes. Ses chaussures étaient si neuves qu'on pouvait presque se voir dedans. On a mis des bougies sur la commode, collées sur des couvercles de boîtes à cirage pour ne pas abîmer le vernis. Dehors, dans le jardin, régnait une paix immense comme lorsque tout finit par rentrer dans l'ordre. Une paix si grande que je n'ai même pas touché à la bassine de linge oubliée près du lavoir. Quand tout finit par rentrer dans l'ordre, le mieux c'est de ne plus toucher à rien.

Route de Benfica

Si tu me demandais ce que j'éprouve j'aurais du mal à te répondre. Physiquement, c'est une sorte de lassitude, d'indifférence, de fatigue comme avant une grippe ou une autre maladie, comme avant la mort. Mes jambes sont douloureuses, lourdes, ma peau est devenue plus sensible au froid et à la chaleur, à la dureté et à la rigidité des choses. Je n'ai envie de rien, je ne me sens pas bien ici sans bouger mais je me sentirais encore plus mal si je sortais. Je ne sais pas si parler m'est pénible ou si ça m'ennuie. Je reste là assis, à regarder droit devant, sans désir, sans envie, tout creux. Je ne suis même pas triste. Rien que passivité et indifférence. Mes intestins remuent mollement. J'écoute sans plaisir ma respiration, les battements de mon sang à mes oreilles. Oui, je crois que c'est ça : tout creux. Fait en plâtre comme les nains de jardins. Par la fenêtre ouverte je vois d'autres fenêtres, une femme vêtue d'un chemisier sans manches, penchée sur un étendoir, qui étend son linge en sortant des épingles en bois d'un petit panier d'osier. Des chemises et des chaussettes pendues à l'intérieure d'une véranda. Un parasol ouvert, dans l'attente. De quoi ? Seul, incliné vers la lumière sur une terrasse déserte. À droite du parasol, une antenne de télévision rouillée. Soudain, je ne sais pourquoi, je me revois enfant dans les bras d'une de mes tantes en train de regarder des soldats passer dans la rue, derrière les tambours. Nous habitions au nord, là où la ville prenait fin et où commençaient, juste après la maison de mes grands-parents, les champs, les oliviers, les troupeaux. Dès que je le pouvais, je m'allongeais dans l'herbe pour écouter les oiseaux et le bruissement des feuilles, même sans aucun vent, qui brillaient dans la lumière. Je me souviens des bancs en azulejo, des statues en céramique. Mon père arrivait du Grémio, club à la mode, changeait sa veste pour une autre en lin blanc et restait là à fumer en silence. Quand ses yeux tombaient sur moi, il souriait. C'est étrange qu'aujourd'hui encore ce sourire compte tant pour moi.

Quoi qu'il en soit, si tu me demandais ce que j'éprouve j'aurais du mal à te répondre. Je hausserais probablement les épaules ou bien je dirais

— Rien

ce qui serait faux car en moi apparaissent et disparaissent de vagues images, des souvenirs, des lambeaux d'idées dépourvus de sens, un peu comme avant de commencer à écrire un roman, lorsque des facettes de personnages se cristallisent peu à peu en mots et que le plan du livre se dégage lentement, multipliant les liens. La femme au chemisier sans manches, le parasol ouvert, l'antenne de télévision rouillée : peut-être existe-t-il un lien entre tout ceci, peut-être existe-t-il un lien entre tout ceci et mon souvenir des soldats. Bien après leur passage le roulement des tambours continuait dans nos têtes. Même la nuit. Même le jour suivant quand j'allais regarder les crapauds dans le jardin et le berger allemand au galop le long du fil de fer sur lequel glissait sa chaîne, près de la porte du métayer qui continue de s'occuper des arbres et des fleurs de mes parents. Il a perdu presque toutes ses dents et c'est un vieillard à présent. Il me salue en ôtant son chapeau

— Jeune homme

cherche à me distinguer à travers les nuages plombés de sa cataracte. Comme je suis le fils aîné d'un aîné qu'elle appelle encore

— Monsieur

la femme du métayer tente de m'embrasser les mains et en profite pour pleurer

— Ha Jeune homme

des temps révolus en essuyant ses joues à son tablier

— Ha Jeune homme

comme si elle avait été plus heureuse autrefois. Et la voici, jeune, courant derrière ses enfants en leur lançant ses sabots sans les atteindre. Toujours jalouse des cuisinières, des servantes, qu'elle abreuvait d'injures dans le patio. À l'époque je passais autant d'heures que possible dans le grenier. J'adorais l'odeur du grenier et les quelques coffres qui s'y trouvaient, fermés à clef. Par les trous du toit, on voyait le ciel. Et en septembre les vols de canards en route pour le Maroc. Si tu me demandais ce que j'éprouve je dirais que je me sens comme les canards de septembre en route pour le Maroc. Ou les chauves-souris pendues à la poutre du grenier, attendant la nuit.

Table

Portrait de l'artiste en jeune homme	7
Ma première rencontre avec mon épouse	12
Une goutte de pluie sur le visage	16
Ne meurs pas maintenant on nous regarde	20
Chronique de carnaval	24
Évocation de l'enfance	28
Des chevaux, des rois, des curés et la tante Pureté	33
Le grand amour de ma vie	37
Les jeunes mariées	41
La nuit des miss	44
Sandokan et la Minhote	48
Dormir accompagné	51
Eh le bossu qu'est-ce que tu as fait au son?	55
Le Spitfire dos Olivais	58
Mon vieux	62
La veille du jour où je suis mort étranglé	67
Sans l'ombre d'un péché	72
Cause toujours papy	76
L'amour conjugal	80
Le dernier roi de Portugal	84

Tout dépend du bleu	88
Nostalgies d'Ireneia	92
La troisième guerre mondiale	96
Tu m'apprends à voler ?	99
Le Brésil	104
La foire populaire	108
Au fond de la souffrance une fenêtre ouverte	113
Du veuvage	117
Aujourd'hui je voudrais parler de mes parents	121
Le grand et horrible crime	125
Écrit à coups de croc	129
Avant que la nuit tombe	134
Ce qui fut n'est plus Dulce	138
N'importe quelle lumière vaut mieux que la nuit noire	142
Une fable en passant	146
La vie, plus ou moins	151
Les veines des buccins	155
Hommage à José Ribeiro	159
En parlant aux roses	163
Alverca, 1970	167
Route de Benfica	171

DU MÊME AUTEUR

Le Cul de Judas
Métailié, 1983
« Suite portugaise », 1997
et Christian Bourgois, « Titres », 2006

Fado Alexandrino
Métailié/Albin Michel, 1987
et « Suite portugaise », 1998

Le Retour des Caravelles
Christian Bourgois, 1990, 1999
« 10/18 », n°2589
et « Points », n°P1056

Explication des oiseaux
Christian Bourgois, 1991
et « Points », n°P612

La Farce des damnés
Christian Bourgois, 1992
et « Points », n°P576

L'Ordre naturel des choses
Christian Bourgois, 1992
et « Points », n°P691

Traité des passions de l'âme
Christian Bourgois, 1993
et « Points », n°P491

La Mort de Carlos Gardel
Christian Bourgois, 1995
« 10/18 », n°2992
et « Points », n°P1400

Le Manuel des inquisiteurs
Christian Bourgois, 1996
et « 10/18 », n°3102

Connaissance de l'Enfer
Christian Bourgois, 1998
et « Points », n° P801

La Splendeur du Portugal
Christian Bourgois, 1998
et « Points », n° P728

Mémoire d'éléphant
Christian Bourgois, 1998
et « Points », n° P891

Exhortation aux crocodiles
Christian Bourgois, 1999
et « Points », n° P934

Livre de chroniques I
Christian Bourgois, 2000
et « Points », n° P1131

N'entre pas si vite dans cette nuit noire
Christian Bourgois, 2001
et « Points », n° P1280

Que ferai-je quand tout brûle ?
Christian Bourgois, 2003

Livre de chroniques III
Christian Bourgois, 2004
et « Points », n° P1904

Conversations avec António Lobo Antunes
(en collaboration avec Maria Luisa Blanco)
Christian Bourgois, 2004

Bonsoir les choses d'ici-bas
Christian Bourgois, 2005
et « Points », n° P2088

Lettres de la guerre
De ce vivre ici sur ce papier décrit
Christian Bourgois, 2006

Il me faut aimer une pierre
Christian Bourgois, 2007

Livre de chroniques IV
*Christian Bourgois, 2009
et « Points », n° P2542*

Je ne t'ai pas vu hier dans Babylone
Christian Bourgois, 2009

Mon nom est légion
Christian Bourgois, 2010

IMPRIMERIE CPI BRODARD ET TAUPIN À LA FLÈCHE
DÉPÔT LÉGAL : NOVEMBRE 2003. N° 52654-3 (62495)
IMPRIMÉ EN FRANCE

Éditions Points

Le catalogue complet de nos collections est sur Le Cercle Points, ainsi que des interviews de vos auteurs préférés, des jeux-concours, des conseils de lecture, des extraits en avant-première…

www.lecerclepoints.com

DERNIERS TITRES PARUS

P2300. Poussière d'os, *Simon Beckett*
P2301. Le Cerveau de Kennedy, *Henning Mankell*
P2302. Jusque-là… tout allait bien !, *Stéphane Guillon*
P2303. Une parfaite journée parfaite, *Martin Page*
P2304. Corps volatils, *Jakuta Alikavazovic*
P2305. De l'art de prendre la balle au bond
Précis de mécanique gestuelle et spirituelle
Denis Grozdanovitch
P2306. Regarde la vague, *François Emmanuel*
P2307. Des vents contraires, *Olivier Adam*
P2308. Le Septième Voile, *Juan Manuel de Prada*
P2309. Mots d'amour secrets.
100 lettres à décoder pour amants polissons
Jacques Perry-Salkow, Frédéric Schmitter
P2310. Carnets d'un vieil amoureux, *Marcel Mathiot*
P2311. L'Enfer de Matignon, *Raphaëlle Bacqué*
P2312. Un État dans l'État. Le contre-pouvoir maçonnique
Sophie Coignard
P2313. Les Femelles, *Joyce Carol Oates*
P2314. Ce que je suis en réalité demeure inconnu, *Virginia Woolf*
P2315. Luz ou le temps sauvage, *Elsa Osorio*
P2316. Le Voyage des grands hommes, *François Vallejo*
P2317. Black Bazar, *Alain Mabanckou*
P2318. Les Crapauds-brousse, *Tierno Monénembo*
P2319. L'Anté-peuple, *Sony Labou Tansi*
P2320. Anthologie de poésie africaine,
Six poètes d'Afrique francophone, *Alain Mabanckou (dir.)*
P2321. La Malédiction du lamantin, *Moussa Konaté*
P2322. Green Zone, *Rajiv Chandrasekaran*
P2323. L'Histoire d'un mariage, *Andrew Sean Greer*

P2324. Gentlemen, *Klas Östergren*
P2325. La Belle aux oranges, *Jostein Gaarder*
P2326. Bienvenue à Egypt Farm, *Rachel Cusk*
P2327. Plage de Manacorra, 16 h 30, *Philippe Jaenada*
P2328. La Vie d'un homme inconnu, *Andreï Makine*
P2329. L'Invité, *Hwang Sok-yong*
P2330. Petit Abécédaire de culture générale
40 mots-clés passés au microscope, *Albert Jacquard*
P2331. La Grande Histoire des codes secrets, *Laurent Joffrin*
P2332. La Fin de la folie, *Jorge Volpi*
P2333. Le Transfuge, *Robert Littell*
P2334. J'ai entendu pleurer la forêt, *Françoise Perriot*
P2335. Nos grand-mères savaient
Petit dictionnaire des plantes qui guérissent, *Jean Palaiseul*
P2336. Journée d'un opritchnik, *Vladimir Sorokine*
P2337. Cette France qu'on oublie d'aimer, *Andreï Makine*
P2338. La Servante insoumise, *Jane Harris*
P2339. Le Vrai Canard, *Karl Laske, Laurent Valdiguié*
P2340. Vie de poète, *Robert Walser*
P2341. Sister Carrie, *Theodore Dreiser*
P2342. Le Fil du rasoir, *William Somerset Maugham*
P2343. Anthologie. Du rouge aux lèvres. *Haïjins japonaises*
P2344. L'aurore en fuite. Poèmes choisis
Marceline Desbordes-Valmore
P2345. «Je souffre trop, je t'aime trop», Passions d'écrivains
sous la direction de Olivier et Patrick Poivre d'Arvor
P2346. «Faut-il brûler ce livre?», Écrivains en procès
sous la direction de Olivier et Patrick Poivre d'Arvor
P2347. À ciel ouvert, *Nelly Arcan*
P2348. L'Hirondelle avant l'orage, *Robert Littell*
P2349. Fuck America, *Edgar Hilsenrath*
P2350. Départs anticipés, *Christopher Buckley*
P2351. Zelda, *Jacques Tournier*
P2352. Anesthésie locale, *Günter Grass*
P2353. Les filles sont au café, *Geneviève Brisac*
P2354. Comédies en tout genre, *Jonathan Kellerman*
P2355. L'Athlète, *Knut Faldbakken*
P2356. Le Diable de Blind River, *Steve Hamilton*
P2357. Le doute m'habite.
Textes choisis et présentés par Christian Gonon
Pierre Desproges
P2358. La Lampe d'Aladino et autres histoires pour vaincre l'oubli
Luis Sepúlveda
P2359. Julius Winsome, *Gerard Donovan*

P2360. Speed Queen, *Stewart O'Nan*
P2361. Dope, *Sara Gran*
P2362. De ma prison, *Taslima Nasreen*
P2363. Les Ghettos du Gotha. Au cœur de la grande bourgeoisie
Michel Pinçon et Monique Pinçon-Charlot
P2364. Je dépasse mes peurs et mes angoisses
Christophe André et Muzo
P2365. Afrique(s), *Raymond Depardon*
P2366. La Couleur du bonheur, *Wei-Wei*
P2367. La Solitude des nombres premiers, *Paolo Giordano*
P2368. Des histoires pour rien, *Lorrie Moore*
P2369. Déroutes, *Lorrie Moore*
P2370. Le Sang des Dalton, *Ron Hansen*
P2371. La Décimation, *Rick Bass*
P2372. La Rivière des Indiens, *Jeffrey Lent*
P2373. L'Agent indien, *Dan O'Brien*
P2374. Pensez, lisez. 40 livres pour rester intelligent
P2375. Des héros ordinaires, *Eva Joly*
P2376. Le Grand Voyage de la vie.
Un père raconte à son fils
Tiziano Terzani
P2377. Naufrages, *Francisco Coloane*
P2378. Le Remède et le Poison, *Dirk Wittenbork*
P2379. Made in China, *J. M. Erre*
P2380. Joséphine, *Jean Rolin*
P2381. Un mort à l'Hôtel Koryo, *James Church*
P2382. Ciels de foudre, *C.J. Box*
P2383. Robin des bois, prince des voleurs, *Alexandre Dumas*
P2384. Comment parler le belge, *Philippe Genion*
P2385. Le Sottisier de l'école, *Philippe Mignaval*
P2386. « À toi, ma mère », Correspondances intimes
sous la direction de Olivier et Patrick Poivre d'Arvor
P2387. « Entre la mer et le ciel », Rêves et récits de navigateurs
sous la direction de Olivier et Patrick Poivre d'Arvor
P2388. L'Île du lézard vert, *Eduardo Manet*
P2389. « La paix a ses chances », *suivi de* « Nous proclamons la création d'un État juif », *suivi de* « La Palestine est le pays natal du peuple palestinien »
Itzhak Rabin, David Ben Gourion, Yasser Arafat
P2390. « Une révolution des consciences », *suivi de* « Appeler le peuple à la lutte ouverte »
Aung San Suu Kyi, Léon Trotsky
P2391. « Le temps est venu », *suivi de* « Éveillez-vous à la liberté », *Nelson Mandela, Jawaharlal Nehru*

P2392. « Entre ici, Jean Moulin », *suivi de* « Vous ne serez pas morts en vain », *André Malraux, Thomas Mann*
P2393. Bon pour le moral ! 40 livres pour se faire du bien
P2394. Les 40 livres de chevet des stars, The Guide
P2395. 40 livres pour se faire peur, Guide du polar
P2396. Tout est sous contrôle, *Hugh Laurie*
P2397. Le Verdict du plomb, *Michael Connelly*
P2398. Heureux au jeu, *Lawrence Block*
P2399. Corbeau à Hollywood, *Joseph Wambaugh*
P2400. Pêche à la carpe sous Valium, *Graham Parker*
P2401. Je suis très à cheval sur les principes, *David Sedaris*
P2402. Si loin de vous, *Nina Revoyr*
P2403. Les Eaux mortes du Mékong, *Kim Lefèvre*
P2404. Cher amour, *Bernard Giraudeau*
P2405. Les Aventures miraculeuses de Pomponius Flatus *Eduardo Mendoza*
P2406. Un mensonge sur mon père, *John Burnside*
P2407. Hiver arctique, *Arnaldur Indridason*
P2408. Sœurs de sang, *Dominique Sylvain*
P2409. La Route de tous les dangers, *Kriss Nelscott*
P2410. Quand je serai roi, *Enrique Serna*
P2411. Le Livre des secrets. La vie cachée d'Esperanza Gorst *Michael Cox*
P2412. Sans douceur excessive, *Lee Child*
P2413. Notre guerre. Journal de Résistance 1940-1945 *Agnès Humbert*
P2414. Le jour où mon père s'est tu, *Virginie Linhart*
P2415. Le Meilleur de « L'Os à moelle », *Pierre Dac*
P2416. Les Pipoles à la porte, *Didier Porte*
P2417. Trois tasses de thé. La mission de paix d'un Américain au Pakistan et en Afghanistan *Greg Mortenson et David Oliver Relin*
P2418. Un mec sympa, *Laurent Chalumeau*
P2419. Au diable vauvert, *Maryse Wolinski*
P2420. Le Cinquième Évangile, *Michael Faber*
P2421. Chanson sans paroles, *Ann Packer*
P2422. Grand-mère déballe tout, *Irene Dische*
P2423. La Couturière, *Frances de Pontes Peebles*
P2424. Le Scandale de la saison, *Sophie Gee*
P2425. Ursúa, *William Ospina*
P2426. Blonde de nuit, *Thomas Perry*
P2427. La Petite Brocante des mots. Bizarreries, curiosités et autres enchantements du français, *Thierry Leguay*
P2428. Villages, *John Updike*

P2429. Le Directeur de nuit, *John le Carré*
P2430. Petit Bréviaire du braqueur, *Christopher Brookmyre*
P2431. Un jour en mai, *George Pelecanos*
P2432. Les Boucanières, *Edith Wharton*
P2433. Choisir la psychanalyse, *Jean-Pierre Winter*
P2434. À l'ombre de la mort, *Veit Heinichen*
P2435. Ce que savent les morts, *Laura Lippman*
P2436. István arrive par le train du soir, *Anne-Marie Garat*
P2437. Jardin de poèmes enfantins, *Robert Louis Stevenson*
P2438. Netherland, *Joseph O'Neill*
P2439. Le Remplaçant, *Agnès Desarthe*
P2440. Démon, *Thierry Hesse*
P2441. Du côté de Castle Rock, *Alice Munro*
P2442. Rencontres fortuites, *Mavis Gallant*
P2443. Le Chasseur, *Julia Leigh*
P2444. Demi-Sommeil, *Eric Reinhardt*
P2445. Petit déjeuner avec Mick Jagger, *Nathalie Kuperman*
P2446. Pirouettes dans les ténèbres, *François Vallejo*
P2447. Maurice à la poule, *Matthias Zschokke*
P2448. La Montée des eaux, *Thomas B. Reverdy*
P2449. La Vaine Attente, *Nadeem Aslam*
P2450. American Express, *James Salter*
P2451. Le lendemain, elle était souriante, *Simone Signoret*
P2452. Le Roman de la Bretagne, *Gilles Martin-Chauffier*
P2453. Baptiste, *Vincent Borel*
P2454. Crimes d'amour et de haine
Faye et Jonathan Kellerman
P2455. Publicité meurtrière, *Petros Markaris*
P2456. Le Club du crime parfait, *Andrés Trapiello*
P2457. Mort d'un maître de go.
Les nouvelles enquêtes du Juge Ti (vol. 8)
Frédéric Lenormand
P2458. Le Voyage de l'éléphant, *José Saramago*
P2459. L'Arc-en-ciel de la gravité, *Thomas Pynchon*
P2460. La Dure Loi du Karma, *Mo Yan*
P2461. Comme deux gouttes d'eau, *Tana French*
P2462. Triste Flic, *Hugo Hamilton*
P2463. Last exit to Brest, *Claude Bathany*
P2464. Mais le fleuve tuera l'homme blanc
Patrick Besson
P2465. Lettre à un ami perdu, *Patrick Besson*
P2466. Les Insomniaques, *Camille de Villeneuve*
P2467. Les Veilleurs, *Vincent Message*
P2468. Bella Ciao, *Eric Holder*

P2469.	Monsieur Joos, *Frédéric Dard*
P2470.	La Peuchère, *Frédéric Dard*
P2471.	La Saga des francs-maçons *Marie-France Etchegoin, Frédéric Lenoir*
P2472.	Biographie de Alfred de Musset, *Paul de Musset*
P2473.	Si j'étais femme. Poèmes choisis *Alfred de Musset*
P2474.	Le Roman de l'âme slave, *Vladimir Fédorovski*
P2475.	La Guerre et la Paix, *Léon Tolstoï*
P2476.	Propos sur l'imparfait, *Jacques Drillon*
P2477.	Le Sottisier du collège, *Philippe Mignaval*
P2478.	Brèves de philo, *Laurence Devillairs*
P2479.	La Convocation, *Herta Müller*
P2480.	Contes carnivores, *Bernard Quiriny*
P2481.	«Je démissionne de la présidence», *suivi de* «Un grand État cesse d'exister» *et de* «Un jour je vous le promets» *Richard Nixon, Mikhaïl Gorbatchev, Charles de Gaulle*
P2482.	«Africains, levons-nous!», *suivi de* «Nous préférons la liberté» *et de* «Le devoir de civiliser» *Patrice Lumumba, Sékou Touré, Jules Ferry*
P2483.	«¡No pasarán!», *suivi de* «Le peuple doit se défendre» *et de* «Ce sang qui coule, c'est le vôtre» *Dolores Ibárruri, Salvador Allende, Victor Hugo*
P2484.	«Citoyennes, armons-nous!», *suivi de* «Veuillez être leurs égales» *et de* «Il est temps» *Théroigne de Méricourt, George Sand, Élisabeth Guigou*
P2485.	Pieds nus sur les limaces, *Fabienne Berthaud*
P2486.	Le renard était déjà le chasseur, *Herta Müller*
P2487.	La Fille du fossoyeur, *Joyce Carol Oates*
P2488.	Vallée de la mort, *Joyce Carol Oates*
P2489.	Moi tout craché, *Jay McInerney*
P2490.	Toute ma vie, *Jay McInerney*
P2491.	Virgin Suicides, *Jeffrey Eugenides*
P2492.	Fakirs, *Antonin Varenne*
P2493.	Madame la présidente, *Anne Holt*
P2494.	Zone de tir libre, *C.J. Box*
P2495.	Increvable, *Charlie Huston*
P2496.	On m'a demandé de vous calmer, *Stéphane Guillon*
P2497.	Je guéris mes complexes et mes déprimes *Christophe André & Muzo*
P2498.	Lionel raconte Jospin, *Lionel Jospin*
P2499.	La Méprise – L'affaire d'Outreau, *Florence Aubenas*
P2500.	Kyoto Limited Express, *Olivier Adam* avec des photographies de Arnaud Auzouy

P2501. «À la vie, à la mort», Amitiés célèbres
dirigé par Patrick et Olivier Poivre d'Arvor
P2502. «Mon cher éditeur», Écrivains et éditeurs
dirigé par Patrick et Olivier Poivre d'Arvor
P2503. 99 clichés à foutre à la poubelle, *Jean-Loup Chiflet*
P2504. Des Papous dans la tête – Les Décraqués – L'anthologie
P2505. L'Étoile du matin, *André Schwarz-Bart*
P2506. Au pays des vermeilles, *Noëlle Châtelet*
P2507. Villa des hommes, *Denis Guedj*
P2508. À voix basse, *Charles Aznavour*
P2509. Un aller pour Alger, *Raymond Depardon*
avec un texte de Louis Gardel
P2510. Beyrouth centre-ville, *Raymond Depardon*
avec un texte de Claudine Nougaret
P2511. Et la fureur ne s'est pas encore tue
Aharon Appelfeld
P2512. Les Nouvelles Brèves de comptoir, tome 1
Jean-Marie Gourio
P2513. Six heures plus tard, *Donald Harstad*
P2514. Mama Black Widow, *Iceberg Slim*
P2515. Un amour fraternel, *Pete Dexter*
P2516. À couper au couteau, *Kriss Nelscott*
P2517. Glu, *Irvine Welsh*
P2518. No Smoking, *Will Self*
P2519. Les Vies privées de Pippa Lee, *Rebecca Miller*
P2520. Nord et Sud, *Elizabeth Gaskell*
P2521. Une mélancolie arabe, *Abdellah Taïa*
P2522. 200 dessins sur la France et les Français
The New Yorker
P2523. Les Visages, *Jesse Kellerman*
P2524. Dexter dans de beaux draps, *Jeff Lindsay*
P2525. Le Cantique des innocents, *Donna Leon*
P2526. Manta Corridor, *Dominique Sylvain*
P2527. Les Sœurs, *Robert Littell*
P2528. Profileuse – Une femme sur la trace des serial killers,
Stéphane Bourgoin
P2529. Venise sur les traces de Brunetti – 12 promenades au fil
des romans de Donna Leon, *Toni Sepeda*
P2530. Les Brumes du passé, *Leonardo Padura*
P2531. Les Mers du Sud, *Manuel Vázquez Montalbán*
P2532. Funestes carambolages, *Håkan Nesser*
P2533. La Faute à pas de chance, *Lee Child*
P2534. Padana City, *Massimo Carlotto, Marco Videtta*
P2535. Mexico, quartier Sud, *Guillermo Arriaga*

P2536.	Petits Crimes italiens *Ammaniti, Camilleri, Carlotto, Dazieri, De Cataldo, de Silva, Faletti, Fois, Lucarelli, Manzini*
P2537.	La guerre des banlieues n'aura pas lieu, *Abd Al Malik*
P2538.	Paris insolite, *Jean-Paul Clébert*
P2539.	Les Ames sœurs, *Valérie Zenatti*
P2540.	La Disparition de Paris et sa renaissance en Afrique, *Martin Page*
P2541.	Crimes horticoles, *Mélanie Vincelette*
P2542.	Livre de chroniques IV, *António Lobo Antunes*
P2543.	Mon témoignage devant le monde, *Jan Karski*
P2544.	Laitier de nuit, *Andreï Kourkov*
P2545.	L'Évasion, *Adam Thirlwell*
P2546.	Forteresse de solitude, *Jonathan Lethem*
P2547.	Totenauberg, *Elfriede Jelinek*
P2548.	Méfions-nous de la nature sauvage, *Elfriede Jelinek*
P2549.	1974, *Patrick Besson*
P2550.	Conte du chat maître zen *(illustrations de Christian Roux), Henri Brunel*
P2551.	Les Plus Belles Chansons, *Charles Trenet*
P2552.	Un monde d'amour, *Elizabeth Bowen*
P2553.	Sylvia, *Leonard Michaels*
P2554.	Conteurs, menteurs, *Leonard Michaels*
P2555.	Beaufort, *Ron Leshem*
P2556.	Un mort à Starvation Lake, *Bryan Gruley*
P2557.	Cotton Point, *Pete Dexter*
P2558.	Viens plus près, *Sara Gran*
P2559.	Les Chaussures italiennes, *Henning Mankell*
P2560.	Le Château des Pyrénées, *Jostein Gaarder*
P2561.	Gangsters, *Klas Östergren*
P2562.	Les Enfants de la dernière chance, *Peter Høeg*
P2564.	Mémoires d'un antisémite, *Gregor von Rezzori*
P2565.	L'Astragale, *Albertine Sarrazin*
P2566.	L'Art de péter, *Pierre-Thomas-Nicolas Hurtaut*
P2567.	Les Miscellanées du rock *Jean-Éric Perrin, Jérôme Rey, Gilles Verlant*
P2568.	Les Amants papillons, *Alison Wong*
P2569.	Dix mille guitares, *Catherine Clément*
P2570.	Les Variations Bradshaw, *Rachel Cusk*
P2571.	Bakou, derniers jours, *Olivier Rolin*
P2572.	Bouche bée, tout ouïe – ou comment tomber amoureux des langues, *Alex Taylor*
P2573.	La grammaire, c'est pas de la tarte ! *Olivier Houdart, Sylvie Prioul*
P2574.	La Bande à Gabin, *Philippe Durant*